アウトサイダー
組織犯罪対策課 八神瑛子Ⅲ

深町秋生

幻冬舎文庫

アウトサイダー

組織犯罪対策課　八神瑛子III

1

八神瑛子《やがみえいこ》は階段を上った。

南千住《みなみせんじゅ》署の五階にある道場。勤務後の署員らが、剣道の練習でもしたのか、きつい悪臭がした。手入れを怠った防具の独特の臭《にお》いがする。湿布薬や軟膏《なんこう》の臭いも混じる。署の廊下に灯《あか》りはなかった。窓からは隣のスポーツセンターが見え、バスケットボールの弾む音が聞こえる。

「姐《ねえ》さん」

隣の井沢《いざわ》に声をかけられた。瑛子はうなずく。

ドアから道場を覗《のぞ》いた。スペースの半分は板張りの剣道場だ。臭いの元となっている防具が並べられ、陰干しにされている。

人のいない剣道場と異なり、隣の柔道場からは塩化ビニール製の畳が、派手な音を立てていた。思ったとおり、焼津《やいづ》が〝運動〟に励んでいる。怒号が聞こえてくる――どうした、こんなもんか。

井沢の目が冷たくなる。ポキポキと指のフシを鳴らす。

「いいところに来た。揉んでやりましょう」

瑛子は首を振った。剣道場の隅には、使い古しの竹刀《しない》が、壁に立てかけられてある。

「私がやる」

「でも……」

井沢が心配そうな目を上司に向けてきた。瑛子はわき腹を掌《てのひら》で叩《たた》いてみせる。

「心配いらない。アバラなら、もうよくなったから」

瑛子は、下足場でパンプスを脱いだ。

再び畳が鳴る。若い男のうめき声が漏れてくる――止《や》めてくれ、もうギブ、ギブアップっす。

瑛子は竹刀を手に取った。剣先《けんせん》と中結《なかゆい》に触れ、具合を確かめる。使用されていたばかりらしく、柄革《つかがわ》がじっとりと汗で濡《ぬ》れている。

「私がやらないと示しがつかない」

瑛子は竹刀を肩に担いだ。井沢と柔道場へと向かう。

畳のうえには、柔道着姿で仁王立ちしている焼津がいた。腹に贅肉がたっぷりとつき、巨大な鏡餅のような体型をしていた。だが柔道の猛者《もさ》らしく、肩と腕は筋肉で盛り上がっている。並みの犯罪者なら震え上がりそうな悪相の持ち主でもある。

足元には、赤い派手なジャージズボンを穿《は》いた若者が転がっていた。肌をこんがりと焼いているが、なで肩がいかにも頼りなげだ。Tシャツのうえから柔道着を着せられていた。

「まだ寝るには早《はえ》えだろう。もう少し温《あった》まっていけや。留置場《ブタバコ》は冷えるぞ」

焼津はごつい手で若者の襟首を摑《つか》み、無理やり身体《からだ》を引き起こした。

若者のニキビ面が涙で濡れていた。大きく開いた口からは、黒く溶けた歯が覗いていた。トルエンでも捌《さば》いていた地元の売人だろう。サディストの焼津は、この手のチンピラと戯《たわむ》れるのを、三度のメシよりも好む。ふらふらの若者の腕を取り、勢いよく一本背負いで投げ飛ばした。若者の背中が畳に衝突する。

若者が背中をそらし、激しく咳きこんだ。

「……すみません、勘弁してください」

「始まったばかりじゃねえか、バカ野郎。もっと遊ぼうぜ」

〝運動〟に夢中な焼津は、瑛子らに気づかない。

「立て、オラッ――」

彼女は竹刀を畳に振り下ろす。バシンという音が、道場内に響き渡り、焼津の大声をさえぎった。

「こんばんは」

「や、八神……」

「遊んでられるだけの余裕があるのね。安心したわ」

「なんでお前がここに」

焼津の顔が強張《こわば》った。瑛子はじっと見つめる。

「それは本気で尋ねてるの？」

「いや、その」

「お見舞いよ。決まってるでしょう。返済の期日は過ぎたし、電話にも出ないから、てっきりノイローゼにでもなったのかと思ってた。杞憂《きゆう》だったみたいね」

瑛子は上野署組織犯罪対策課の警官だ。

捜査官としての仕事以外に、〝副業〟を抱えている。同僚たちに金を貸しつけていた。相手は上野署の署員だけではない。ＯＢの交通巡視員から、本庁の現職幹部までと、幅広く裏稼業を展開させている。

世間では公務員の給料の高さが槍玉《やりだま》にあがるが、不規則な勤務と危険がともなう警察官は、とりわけ給料が高めに設定されている。福利厚生も充実していた。

しかし警察官は、自由な金が持てない。共済組合や銀行の口座やローンの残高をひんぱんに調査される。

秘密の金を低利で貸す瑛子は、窮乏した警官にとって救いの神だった。分《ぶ》をわきまえない者には鬼となるが。

瑛子は竹刀で肩を叩いた。

「お楽しみのところ悪いんだけど、ついでだから、お金の話をさせてもらえる？　シカトされたんじゃないかと思って、なんだかヒヤヒヤしちゃった」

「その件だが……」

「なに？」

「その件だが、もう少し待ってくれねえか？」

焼津は口をもごもご動かした。若者に向かうときの勢いはない。

「ごめん。よく聞こえない」

瑛子は耳に手を当てた。

「だから、ちょっと待ってくれって」

焼津は袖で顔の汗を拭《ぬぐ》った。足元でへたばっていた若者が、彼女らのやり取りを不思議そうに見上げている。

彼女は部下に命じた。

「行って」

「おいっす」

井沢が若者の肩を抱いて、立ち上がらせる。畳は若者の汗で湿っていた。

「けっこう、けっこう。たっぷりいい汗かいたじゃねえか。今日はゆっくり眠れるな」

井沢は、若者を担いで道場の出口へ向かう。焼津とふたりだけになってから、瑛子は口を開いた。

「これで話がしやすくなったでしょ？」

「あ、ああ」

焼津の顔に安堵《あんど》の色が広がる。かわいがっていた小僧に、みっともないところを見られるのが、嫌だったのだろう。

瑛子は井沢の背中を見やった。

長い茶髪に黒のスーツ。シルバーのアクセサリーを腰や手首につけた井沢は、繁華街の路上をうろつくホストを思わせる。チャラくさい外見ながら、柔道の特訓員《トクレン》に選ばれた猛者だ。

上野署では若手に稽古をつける立場にある。

井沢らが姿を消す。瑛子は口を開いた。

「チンピラ小突いて遊んでるくらいだから、金の用意はできたと思っていいわね。利子を含めて二百三十四万六千七百四十円。バックレたからには、回収に入らせてもらう」

焼津は手を合わせた。

「だから待ってくれって。う、うっかりしてただけなんだ。仕事も立てこんでたしよ。勘弁してくれ。今月からはきっちり払う。一度で払うのは無理だ」

瑛子は無視して、腰を左右にひねって、ストレッチをした。焼津の野卑な口調を真似る。

「始まったばかりじゃねえか、バカ野郎。もっと遊ぼうぜ」

「おい、八神――」

「仕事が立てこんでて、忙しいのは私も同じよ。だけど、トイレに行く時間はあるし、電話一本かける暇もある。ガキの使いじゃないの。そんな言い訳をいちいち聞いてたら、誰も金なんか返さなくなる」

瑛子は鼻で笑う。

「つまり、優先順位を間違ってもらっちゃ困るの。かりに目の前でトルエンを捌いてる売人がいたとしても、そいつの逮捕より、私の連絡のほうが大事。電話があったら必ず出てね。愛しのティファニーちゃんといちゃいちゃしてるときでもよ」

「なんで、お前――」

焼津の顔色が変わった。

ティファニーは、大塚のフィリピンクラブで働くホステスだ。艶やかな黒髪と長い脚が特長的な中国系の美人だった。

焼津は多くの中年警官と同じく、妻子と家のローンを抱えている。夜の蝶に魅了されてしまえば、すぐに財布は火の車となる。足繁くフィリピンクラブに通っては、身分不相応な高い酒をオーダーし、ホステスにブランド品を貢いだ。借金までした甲斐《かい》があったのか、最近になって彼女をアフターに連れ出せるようになった。

「どのみち……金なんかねえよ」

焼津はふて腐れた声で答えた。

「ある。行きましょう」

瑛子は焼津の手首を摑んだ。腕を引っ張る。

「おい。ど、どこに――」

「ティファニーちゃんのマンション。プレゼントしたバッグやドレスを全部売れば、多少の金にはなるでしょう。知り合いの故買《こばい》屋を紹介してあげる」

「バ、バカ言ってんじゃねえ！」

焼津は瑛子の手を振り払った。

「だったら辞表書いて。退職金で払ってもらってもかまわない」

「ふざけんな」

焼津は大きな手を伸ばし、瑛子の竹刀を摑んだ。彼の目は血走っている。

「こっちは大まじめよ」

「さっきから聞いてりゃ、金貸したくれえで調子に乗りやがって。おれを辞めさせたら、てめえだって終わるんだぞ。きたねえ金貸しなんぞを仲間相手にやってるってな。人事にタレこまれたら、困るのはお前のほうだろうが。退職金どころかクビだ。お前のほうが失うもんはでけえんだ。立場をわきまえろ」

焼津は、瑛子の手から竹刀をもぎ取った。

武器を奪い取って、優位に立ったとでも思ったのか、彼は黄色い歯を剝《む》いて笑った。

「このさい教えといてやる。上野じゃいい顔らしいが、おれには通用しねえ。もともと女ごときが、でけえツラできる世界じゃねえ。毎日黙って茶でも淹《い》れて、ケツでもなでられてりゃいいんだよ」

「それはどうかしら」

焼津は眉間に皺《しわ》を寄せた。竹刀を投げ捨て、瑛子のスーツの襟を摑む。

「お前も汗かいてけ。稽古つけてやる。棒っきれ振るうのは得意らしいが、武器《エモノ》奪っちまえばなんてことはねえ。本当はそのべっぴんなツラと身体で、署の野郎どもを手なずけてるんだろうが。ああ？」

「武器《エモノ》ならあるわ」

瑛子は、リボルバーを握っていた。銃口を焼津の顎に押しつけた。焼津は息をつまらせる。

「誤解しているようだから、教えておいてあげる。失うものはとくにないの」

焼津の顔から汗が噴きだす。

「嘘だろ……頭おかしいんじゃねえのか」

焼津に隙《すき》が生まれた。

襟を握る彼の腕を、上から肘で押し下げた。簡単な護身術だ。焼津の身体が前にのめる。同時に瑛子は頭突きを見舞った。岩がぶつかりあうような硬い音。焼津は鼻を抑えてよろけた。

畳に血の滴《しずく》が落ちた。彼は低くうめきながら、膝をついた。たちまち顔半分が鼻血にまみれ、受け皿にしていた両手から血があふれる。

瑛子はリボルバーを振り下ろした。グリップでこめかみを殴りつける。

焼津の巨体が崩れた。血で汚れた畳に、仰向《あおむ》けに転がる。瑛子は屈《かが》んで、焼津の頭髪を摑んだ。血だらけの顔を引き起こす。

「誰が倒れていいと言った？　気を失うのは、商談が終わってからよ」

「わかった……わかった。もう止めてくれ」

焼津の口調はあやしかった。鼻で呼吸ができず、苦しげに肩で息をする。血と中年男の臭いがした。

瑛子は彼の耳元に囁《ささや》く。

「選択肢は三つ。ティファニーのところに行くか、それとも奥さんと話し合うか、今すぐ辞表を書くか。私は闇金みたいに甘くない」

焼津は血と汗でずぶ濡れだった。寒そうに歯をガチガチと鳴らす。

瑛子も出血していた。頭突きを放ったさいに、やつの歯にでも当たったらしく、眉頭から生温かい液体が滴《したた》った。

「悪かった。それだけは許してくれ。今からでも、署の連中から借りて、できるだけ金をかき集める」

瑛子はリボルバーの撃鉄を起こした。焼津はみっともなくうめいた。彼がさっきまで痛めつけていた若者のうめき声と、よく似ていた。ヤキ入れをひんぱんに食らうヤクザや暴走族の少年に比べ、警官は責められることに慣れていない。

「足代にもならない。三つから選べと言ってるの」

焼津は浅い呼吸を繰り返した。顔は涙と血が混ざって、ぐしゃぐしゃに濡れていた。許してくれ、許してくれ。小声で呟《つぶや》いている。頃合いだった。

「もうひとつだけ、選ばせてあげる」

焼津の眼球が動いた。恐々と瑛子の顔を見上げる。

「な、なにを……」

「簡単よ」

瑛子はポケットに手を伸ばした。焼津は反射的に身体を弾ませる。

瑛子はハンカチを取り出した。焼津の顔を拭ってやる。

「思い出話をするだけ。本庁にいたころの」

焼津は目を白黒させた。

彼もまたマル暴の警官だ。南千住署に配属される前は、警視庁組織犯罪対策三課に所属し、関東の広域暴力団である印旛《いんば》会の動向を監視していた。

「なんだって、お前がそんなことを」

瑛子は焼津の頬を張った。

「いつまでも刑事《デカ》気分でいると殺すわよ。質問するのは私のほう」

焼津の瞳に恐怖の色が浮かぶ。何度も首を縦に振る。瑛子はしばらく観察してから、口を開いた。

「三年前、歌舞伎町の親分がひとり、ビルから飛び降りたでしょう。そいつの〝脳みそ〟について知りたいの」

※

階段の踊り場に出ると、留置場に若者を放りこんできた井沢が戻ってきた。

彼は瑛子の顔を見るなり、血相を変えた。猛然と階段を駆けあがり、彼女の横をすり抜け、道場へ向かおうとする。

「どこ行くの？」

「野郎の腕、ぶち折ってきます。メシを当分、左手で食わせましょう。すぐ終わらせてきます」

瑛子は、井沢の二の腕を摑んだ。

「必要ない。かすり傷よ」

「でも……」

「大丈夫。腕よりも、もっときついところを折ってきたから」

「そうすか。なら、いいんすけど」

井沢が足を止め、ひっそりと笑った。忠実な部下は、瑛子の言葉に嘘がないのをよく知っている。

瑛子はトイレに寄って顔を洗った。眉に小さな傷ができた。水で傷口を洗い、眉ペンで描き直したが、傷は完全には隠れなかった。廊下ですれ違った宿直の署員たちから、怪訝《けげん》な顔をされた。

南千住署の駐車場にはパトカーが停まっている。運転席には、部下の花園《はなぞの》が待っていた。助手席に井沢が乗り、瑛子は後部座席に座る。

「お待たせ。今日の〝回収〟はこれで終わり。帰りましょう」

花園が車を走らせる。国道4号線との交差点で信号待ちとなったところで、井沢がスーツの胸ポケットから茶封筒を取り出した。運転席の後輩に渡す。

「ほら、残業代だ」

花園は首を振った。

「いいですよ。ぼくは、ただ運転してるだけなんですから。もらうわけには」

「姐さんの好意を無駄にすんな」

井沢が花園の頭を平手で叩いた。花園のポケットに封筒をねじ入れる。なかには〝諭吉〟

が数枚入っている。

瑛子はふたりのやり取りを見守った。後輩を叱《しか》る井沢にしても、ついこの間までは、瑛子の好意をなかなか受け取ろうとはしなかった。

花園は困ったように頭を掻《か》く。封筒を突き返そうとはしなかった。警察学校を優秀な成績で卒業し、本富士署や丸の内署などの格のある所轄署を渡り歩いた有望株だが、上野署組対課に来てからは、ずいぶんと変わった。

「そのうち、なにかと頼りにするときが来ると思う。私だってケガなんてしたくないから」

瑛子は眉の傷を指さした。バックミラーに、花園の張りつめた顔が映る。

「信号、青よ」

花園があわててアクセルを踏んだ。車を勢いよく走りださせてから、彼は尋ねた。

「八神さん、訊《き》いてもいいですか？」

「なに？」

彼女は携帯電話を取り出した。

「なんでわざわざ危ない橋を渡るんです。こんな金貸しみたいなことをしてたら、身内の恨みを買うだけじゃないですか」

「恨み？　慈善事業のつもりだけど。サラ金や闇金に手を出すより、ずっとマシでしょう？」

「ですが……」

「冗談よ。マンションのローンを早く返したいだけ」

助手席の井沢が大げさにうなずいた。

「とにかく成績上げてりゃいいんだよ。今夜もパーッと情報《ネタ》集めに繰り出すぞ。うちのタコ署長みたくな、お行儀よく杓子定規にやったところで、結果なんかついてこねえんだ」

「そういうこと。いい情報《ネタ》引っ張ってきてね」

井沢たちには、惜しみなく〝残業代〟を支払っている。それを軍資金に、彼らは夜の街に繰り出している。

井沢の言葉は詭弁《きべん》に過ぎないが、のんきに遊びほうけているとは言い切れない。繁華街は裏社会の入口だ。暴力団にみかじめ料を払わない飲食店が増え、ヤクザとの接点を失いつつあるが、それでも情報収集には欠かせない。

暴力団の〝三ない主義〟は、東京でも徹底されつつある。警官には会わない、言わない、事務所に入れない。対決姿勢を鮮明にしている。こちらから闇の奥まで飛びこまないかぎり、もはや簡単に情報は摑めない。もっとも、焼津のように夜の世界に取りこまれる刑事もいるが。

瑛子は電話をかけた。

〈喂《ウェイ》？〉

劉英麗《リウインリー》の声が聞こえた。ガヤガヤという雑音とともに。

自分が経営する中国人クラブにでも、顔を出しているのだろう。二胡の艶やかな音とともに、酔っ払いたちの騒ぎ声が耳に届く。

「私《ウェイ》よ」

〈なにか、いいことでもあったみたいね《ニーハオシアンヨウシーチン》〉

「わかる《ジーダオア》？」

瑛子は中国語で会話を続けた。

英麗は中国人だ。上野で語学教室を営みながら、都内や埼玉に多くの飲食店や中国人クラブも所有している。ハルビンの一工員から、新大久保の中国人ホステスを経て、福建マフィアの大幹部へと成り上がった女傑だ。瑛子に北京語を叩きこんでくれた教師でもある。

〈カマかけただけよ。あなたの機嫌なんか、そう簡単に読み取れない。あばら骨を折られても、表情ひとつ変えないんだから。ケガはもういいの？〉

「おかげさまで。先生によろしく言っておいて。やっぱり、あの人は名医ね」

〈先生の腕を否定するつもりはないけど、あなたの運がたまたまよかっただけよ。また無茶

してないでしょうね〉

「さすがに懲《こ》りたわ」

二か月前の年末、瑛子は危うく命を落としかけた。

印旛会系の大物組長から情報を得るため、彼の依頼を引き受けた。印旛会は、都内を荒し回るメキシコ産の覚せい剤に頭を痛めていたのだ。

印旛会と瑛子は、その販売ルートを潰すために動いたものの、麻薬カルテルが放った凶悪な殺し屋と、衝突した。どうにか依頼はこなしたが、あやうく三途の川を渡るところだった。失ったものも大きい。

英麗が警告する。

〈くれぐれも言っておくけど、そのきれいな顔に傷がつくようなことはしないで〉

「できるだけ、そうする」

眉がひりひりと痛む。たった今、傷を作ったばかりだ。

英麗は、マル暴刑事の瑛子に利用価値を見出す一方、半ば本気で警察を辞めさせたがっている。瑛子の容姿を見込んで、自分の高級クラブで働かせるためだ。

〈そろそろマジメに考えてくれない？　夜の蝶といっても、酔っ払い相手の酌婦で終わらせる気はないの。ゆくゆくは私のパートナーとなってもらうつもり。早く目的とやらを済ませ

て、うちのグループで腕を振るってほしいのよ。チンピラヤクザとじゃれあってるうちに、貴重な時間がどんどん失われていくわ〉

英麗の声の後ろで、「干杯《ガンペイ》」の大合唱とともに、派手にグラスがぶつかり合う音がした。

政情の不安定とバブル経済の崩壊が指摘されているが、かの国の勢いは簡単に止まりそうにはない。日本で成り上がった英麗は、上海《シャンハイ》や深圳《シンセン》といった経済都市にビジネスを拡大させている。

「酔ってるの？」

氷がカラカラと回る音がした。

〈当たり前でしょ。だけど泣く子も黙る劉老板《ラオバン》に、ここまで言わせるんだから、ちょっとは誇りに思いなさい〉

「いつも思ってる。おかげさまで、また前進できた。ティファニーに伝えておいて。近々、お礼をさせてもらうって」

英麗は笑った。

〈女は剣より強し。ペンよりもさらに強し。ずいぶん時間がかかったわね〉

「急がば回れよ」

瑛子は首を回して、肩の凝りをほぐした。

南千住署の焼津は、たまたま美人ホステスにはまって借金漬けになったわけではない。最初から瑛子が絵図を描いたのだ。彼の米櫃《こめびつ》を空にし、犬に仕立てるために。

ティファニーは、いくつもある英麗の店のなかでも、五指に入る美人ホステスだ。韓流アイドルのような長い脚とスレンダーな体型の持ち主で、苦学生を装っては客の財布の紐《ひも》を緩ませる。筋金入りのプロだった。赤坂の高級クラブで、金持ち相手に接客していたが、英麗に頼みこんで大塚の店に移籍してもらった。そこは昔から、焼津が出入りしている店でもある。

ティファニーはいい仕事をしてくれた。ヤクザ相手に一歩も引かないコワモテ刑事も、磨き抜かれた美女の前には、免疫のない子供と同じだった。焼津はすぐに熱病を発症した。足繁く店に通うのを注意深く見守って、それとなく〝八神金融〟の存在を、南千住署の署員を通じて、彼の耳に吹きこんだ。焼津は一も二もなく、瑛子の金に飛びつき、順調に借金を重ねていった。

瑛子は言った。

「もちろん劉先生にも感謝してる。お礼は改めてさせてもらうから」

英麗がふいに黙りこんだ。店の雑音とＢＧＭだけが耳に届く。

「もしもし？」

〈ねえ、どうして私があなたと手を組むのか、わかる？〉

「…………」

〈私はあなたの旦那なんか知らないし、悪いけれど、その真相にかくべつ興味があるわけじゃないの〉

「私が悪いおまわりだからでしょう」

〈たしかにそうね。あなたがくれた情報のおかげで、こっちもずいぶんと助けられている。だけどそれだけじゃ五十点。さんざん吹きこまれていると思うけれど、その真相とやらは、とても物騒な臭いを振り撒いてる。それを追えば追うほど、あなたは無茶をせざるを得なくなる。つまり、警官でいられるのも時間の問題だと踏んでたわけ。そうすりゃ、あなたは私のものじゃない。警察手帳のない後家さんなんて、手中に収める方法はいくらでもある。聡明なあなたのことだから、とっくに見抜いていると思うけど〉

「でも、あの世にまで行かれたら、さすがの英麗姐さんでも手に入らなくなる」

〈そういうこと。この前の〝雹《グラニツ》〟の件から、ずっと考えてた。要するに、私は大ポカをやらかしてるんじゃないかと、珍しく悩んでるってことよ。あなたをゲットする気でやってるのに、じつは失うために、せっせと努力してるんじゃないかってね〉

「後悔してるの？」

〈私の辞書にそんな言葉はないわ。毒を喰らわば皿まで。ただし、〝雹《グラニツ》〟みたいな化け物とやり合うのは勘弁してね。もし私に黙って、またワイアット・アープばりの決闘でもしようものなら、その前に私があなたの身柄をひっさらうから。何度も言うようだけど、私は早死しようとするやつが大嫌いなのよ〉

英麗も嘘をつかない。マフィア内の熾烈《しれつ》な権力闘争を制してきた武闘派だ。瑛子の身を案じてのことだろうが、相手が刑事だろうと実行に移しかねない。それだけの実績が彼女にはある。

瑛子は窓に目をやった。夜の浅草通りが見える。漢方薬店や仏壇屋の大きな看板。ライトアップされた上野駅の駅舎が近づく。

「ワイアット・アープは無茶したけど、けっきょく八十歳まで生き残ったのよ」

〈……いつから映画ファンになったの？〉

「旦那がそうだった。ウェスタンは嫌いじゃない」

英麗は咳払いをした。

〈とにかく、無茶をしたくなったら、その前に私の顔を思い出すのよ〉

会話を終えたところで上野署に着いた。英麗流の心遣いに感謝しつつも、瑛子は夫を呑みこんだ闇の存在を確信していた。

夫の八神雅也《まさや》は、中堅出版社である堂論社に勤務していた。所属先は『週刊タイムズ』編集部だ。

『週刊タイムズ』の主な読者対象者は中高年の男性で、瑛子の同僚や部下らが欠かさず読んでいる。つまり下品なゴシップ誌で、政治家や芸能人のスキャンダル、ヘアヌードや風俗情報、中身のないエロ劇画などが掲載されている。裏社会に関するネタも豊富で、極道ファンの読者も多かった。

三年前、雅也は特集として、印旛会系高杉会の会長である芦尾《あしお》勝一《かついち》の死について調べていた。それがすべての始まりだった。

芦尾は、関東の広域暴力団である印旛会の筆頭若衆だ。歌舞伎町に君臨していた印旛会の武を象徴する名物組長でもある。シャバよりも塀のなかで過ごした時間のほうが長い懲役太郎で、九〇年代には新宿の中国人マフィアと激しい抗争事件を起こしている。

タフな極道で知られた彼が、歌舞伎町のビルから飛び降りたのは三年前の春だ。遺書はなかった。人物が人物とあって、他殺の可能性も視野に入れられていたが、現場に不審な点など見当たらず、捜査一課と新宿署は最終的に自殺と判断した。

関東を代表する大物親分の死。『週刊タイムズ』としては見逃せないネタだ。

興味を示したのは雅也だけではない。他の実話系雑誌も、芦尾の死の要因を調べた。

警視庁の徹底した浄化作戦によって、シノギが次々に潰され、会の運営がままならなくなった。持病の糖尿病が悪化して鬱状態にあった。恐喝の容疑をかけられ、逮捕が間近に迫っていた——。

組の関係者の証言によれば、たしかに高杉会はじわじわと追いつめられていたらしい。逮捕の噂こそデマだったものの、飲食店のみかじめ料は徴収できず、経営していた裏ＤＶＤ店や風俗店、ゲーム喫茶は次々に摘発を受け、財政面で大きなダメージを負っていた。

だが、芦尾は周囲に漏らしていた。自分には起死回生の秘策があるのだと。近しい子分や舎弟たちは、口を揃《そろ》えて言っていた。自殺を考えるような男ではないと。

彼を調べていた雅也も同じ考えだった。夫は奥多摩《おくたま》の山へと入り、橋から落ちて死亡した。子供の誕生を心待ちにしていたというのに。

——の、〝脳みそ〟だと……芦尾のブレーンか？

あのとき、焼津は懲りずに訊き返した。顔を鼻血まみれにしながら。瑛子が拳銃を向けると、彼は両手を振って言った。

——待て。お、お、思い出した。う、撃つなよ。

——教えてくださる？

焼津の喉仏が大きく動いた。

——たしか島本《しまもと》……島本学《まなぶ》という元バンカーだ。チューリッヒ・ユニオン・バンクの行員で、香港支店に勤務していた男だ。芦尾は、稼いだ金をやつに預けて洗わせていた。

瑛子は目を細めた。

現代の暴力団の多くは、非合法のシノギで得た金を洗浄するために、金融の知識に長《た》けた一般人の共生者を飼っている。〝ブレーン〟と呼ばれるその手の連中は、元証券マンや元プライベートバンカー、金融ブローカーなどで構成されている。

暴力団の巨額な違法資金は、彼らの手によって捜査当局の目の届かないところへと流れ、海外のオフショアに作られた投資ファンドやダミー企業など、複雑な過程を経て、合法なカネとなって暴力団の金庫へと舞い戻る。高杉会の金の流れを追っていたのが、当時の組対三課に籍を置いていた焼津だった。

ZUBは秘密裏に独裁者の不正蓄財、マフィアのマネーロンダリングを助け、テロリスト集団の活動資金のために匿名口座を提供していたことで知られる、悪名高いスイス系の銀行だった。

ただでさえ暴力団員は、米櫃であるシノギに関しては、部外者はおろか、仲間の組員にさえ簡単に打ち明けたりはしない。なかでも財布を預かるブレーンの存在は、機密中の機密といえた。共生者であるブレーンにしても、暴力団との関わりが世間に知られれば、手が後ろに回るだけでなく、コンクリを抱いて海に沈められかねない。

秘密主義は暴力団に限った話ではない。彼らを相手にするマル暴の刑事たちも同様に口は堅い。同僚にはもちろん、上司にすら情報を上げない場合もあり、昔から警察内部でも問題視されている。

もっとも、刑事たちにも言い分はある。うっかり情報を共有したがために、貴重な情報提供者を失い、手の内を暴力団に悟られ、長年の苦労が水の泡となって消える。ベテランの刑事ほど、苦い経験を味わっているため、貝のように口を閉ざす。高杉会の担当だった焼津も例外ではなく、口を割らせるには、時間をかけてトラップを仕掛ける必要があった。

瑛子は尋ねた。

——その島本さんは今どこ？

焼津は首を振る。何度も。

——やつなら……とっくにいない。もう死んでる。自殺しやがった。

瑛子は眉をひそめた。

——いつ。

——芦尾が死んでからまもなくだ。銀行を辞めてから、投資ファンドを設立して、日本橋にオフィスを構えてたが、そこのベランダから飛び降りやがった。嘘じゃねえ。調べりゃすぐにわかる。

瑛子はパトカーを降り、足早に署内へと入った。闇の深さを噛みしめつつ。

「でも必ず」

刑事部屋に向かう途中、彼女は静かに呟いた。見つけ出す――。暗黒のなかに次の標的を見出すと、瑛子は次の手を考えた。

2

上野署署長の富永昌弘《とみながまさひろ》の朝は早い。

起きてからコップ一杯の水を飲むと、ジョギングシューズを履き、官舎代わりにしているマンションを出た。首の回りにタオルを巻く。

東の空はすでに明るい。まだ肌を刺すような冷気に支配されているものの、日の出の時間が徐々に早まっている。あたりにはうっすらと靄《もや》がかかり、ビルや標識の輪郭が白くぼやけていた。

富永は路上で入念にストレッチを行い、アキレス腱を伸ばしてから、浅草通りの歩道を走り出した。じきに大量の車で騒々しくなるが、この時間で車道を走るのは、流しのタクシーぐらいだ。

本庁で働いていたころは、多くのランナーに混じって、よく皇居の周囲を走った。緑豊かな木々や苔《こけ》むした石垣、お濠の水の匂いが懐かしい。

現在の下町ルートは自然が少ない。視界の大半はビルと道路のコンクリートで占められ、空には無数の電線が走っている。緑が少なく、空はかなり狭い。生ゴミを狙《ねら》うカラスが我が物顔で舞っている。

署がある東上野から、合羽橋《かっぱばし》通りを通過し、浅草のアーケード街へといたる。東京スカイツリーまで足を延ばすか、隅田川沿いに走るのを日課としていた。色彩に乏しいエリアかもしれないが、新旧の建築物が複雑に入り交じる下町に、親しみを覚えていた。年季を感じさせる古いおでん屋の横には、早朝営業をしている中華料理屋があり、朝の早い老人や外国人が熱々の中華粥と格闘している。

浅草ROX近くの小さなコンビニに寄った。紙パック入りの野菜ジュースを買う。若い中国人の女性アルバイトが微笑《ほほえ》んだ。紙パックのバーコードを読み取りながら、カタコトの日本語で挨拶する。

「今日も早いですね、署長さん」

「おはよう。いい天気だ」

富永はタオルで顔の汗を拭い、彼女に向かって微笑み返した。店には、ほぼ毎日立ち寄っている。

女性店員は、昨年末の特別警戒活動の出動式で挨拶をする富永を見かけたらしく、以来、店に立ち寄る彼に声をかけるようになった。マニュアル通りの応対しかしなかったが、いざ話をしてみると、人懐こい性格だとわかった。

店の入口で野菜ジュースをすすり、紙パックをゴミ箱に放った。彼女が手を振る。

「また明日ね」

富永は小さくうなずいた。残念ながら、毎朝の習慣もじきに終わる。町や職場に愛着を感じたころには、去らなければならない。キャリアの宿命だった。

先日、本庁での署長会議を終えたあと、庁舎内で総務部企画課長の筑摩《ちくま》とばったり出くわした。

筑摩は東大出身のキャリアで、富永の先輩にあたる。東大野球部の四番打者だったが、今はスポーツマンだった面影はなく、だらしなく肥えている。

――いいところで会った。ちょっと、つきあえよ。

富永は有無を言わさず食堂へと連れていかれた。

話の用件は想像がついた。春が近づくとなれば、世のサラリーマンと同じで、警察官もそわそわしだす。激烈な出世競争にさらされるキャリア組にとっては、とくに浮足立つ時期だ。富永はうなずいて、庁内の食堂へと向かった。

富永は出世争いに執念を燃やすタイプではない。とはいえ、人事が気にならないはずはない。いざ異動となれば、他県の警察本部はもちろん、他の省庁への出向を命じられる場合もある。警察署長とはまるで異なる仕事を任されることも、外務省勤務となって、遠い異国の大使館への赴任も覚悟しなければならない。いずれにしろ家庭を考慮する必要がある。

筑摩の話題は、まさしく富永の異動と家庭に関するものだった。

――お前、関西に戻れるかもしれんぞ。

――え？

思わず問い返した。富永は、上野署に赴任して一年も経っていない。

――本庁勤めも合わせれば、東京での単身赴任も長いだろう。上層部の温情ってやつだよ。おれの予想じゃ、大阪の警備部ってところだろう。課長の椅子が待ってる。

筑摩は周囲を確かめてから言った。筑摩の総務部企画課には警視総監秘書室もある。上層部の意向を仕入れやすい立場にある。

富永は苦笑いを浮かべた。温情というより、おせっかいな人事だ。

――なるほど。

――気にするな。おれだって似たようなもんさ。家なんかに戻ったところで、女房や子供はにこりともしない。帰るのが億劫でな。縄のれんに寄り道したおかげでこの身体だ。

富永の自宅は京都にあった。妻と息子が暮らしているが、富永は年に数えるほどしか帰っていない。関係が冷えきっているのを、上層部に知られたらしい。

妻の父親――富永の義父にあたる輿水憲保《こしみずのりやす》は、関西にある大手電機メーカーの重役だ。昨年の秋には常務に昇進した。義父の兄は会長の座に就いている。関西経済界を代表する経営者だ。輿水兄弟の祖父は、経営の神様として、歴史上の人物となった輿水喬太郎《こしみずきょうたろう》だ。

その会社や系列子会社には、多くの警察OBが天下っている。娘夫婦の関係を心配した義父が、OBを通じて娘婿の境遇に配慮を求めたのかもしれない。一企業の幹部程度が、巨大省庁の人事に口出しできるはずはないが、政官財に多くの友人を持つ輿水家がその気になれば話は別だ。

家庭の不和は、警察社会にとって望ましくない。なにかと不祥事につながりかねず、不倫や痴話喧嘩はメディアの格好のエサとなる。警察幹部ともなれば、職業倫理はもちろん、私生活についても厳しいモラルが求められる。

世間が晩婚化の傾向にあるなか、警察社会はひたすら早婚を奨励する。警察官に家族という重石をつけ、早いうちに家長としての自覚と責任を持たせるためだ。武家社会じみた風土が現代でも色濃く残っている。出世をすればするほど、それを実感せずにいられなくなる。

妻の紗希《さき》と結婚したときは、キャリア組の同僚たちからはひどく羨《うらや》ましがられた。紗希個人の容姿や人格は考慮されていない。連中は彼女の家柄や血筋、親類たちが持つ経済力やコネに魅力を感じていたのだ。

もっとも、富永自身も〝華麗なる一族〟の一員となり、自分が大物になったと勘違いをしていた時期があった。バックには日本を代表する巨大企業が控えている。同期らの出世熱にあてられ、熱病にかかったような野心を抱いた。

だが、心が冷えていくのに、それほど時間はかからなかった。盛大に行われた披露宴のときから、拭いがたい違和感を覚えていたと思う。一流ホテルの大宴会場で、会ったこともない大物政治家や財界の大物たちが、富永の結婚を祝福した。

当時の富永は京都府警に在籍していた。立場上、仲人こそ府警のトップである本部長に依頼したが、それ以外はすべて輿水家が式のお膳立てをした。

多くの警察関係者が出席したものの、披露宴は、八割以上が輿水家の招待客で埋め尽くされ、富永家は肩身の狭い思いをした。恋愛結婚であったにもかかわらず、戦国大名の政略結婚のように思えてならなかった。晴れの日にもかかわらず、嫌な汗が身体中から噴き出したのを覚えている。

筑摩は窓を指さした。二十一階建てのビルがそびえ立っている。中央合同庁舎第二号館。総務省や消防庁などとともに、国家公安委員会と警察庁もそこに置かれている。

――今の警察庁《サッチョウ》の長官《おかしら》は、イェール大への留学経験をお持ちだ。外務省にも出向して、イギリスにも何年か滞在してたせいか、欧米流の作法が骨まで染みついてる。要するに仕事同様、家庭を大事にしないやつは無能者だってことだ。警察官が家のなかをダメにして、ガキをグレさせたんじゃシャレにならんというのが、持論でいらっしゃる。とても正しい考えではあるが、現場の連中にそんなことを言えば、さんざん小馬鹿にされて、誰もついてこなくなる。そうだろう？

筑摩は肩をすくめた。

家族を大切にするのも家長の役目ではある。ただ、家庭を犠牲にしてまで、仕事に邁進する警官たちの頑張りによって、組織が支えられているのも事実だった。事件が起きるたび、数日にわたって署に泊まりこみ、家を女房に任せきりという刑事は多い。巡査が街場をうろつく不良少年を捕えてみれば、父親が警官だった例は珍しくない。

だがそれも、昭和のころならまだしも、今の時代では通じないだろう。職人肌のベテランは、警官のサラリーマン化を嘆いている。

筑摩は言った。

——現役にしろ、ＯＢにしろ、お前に期待する連中がいるということだ。世の中は、おれたちが考えるよりも、ずっと不景気なんだ。辞めたおまわりさんを受け入れるほど、体力のある民間だってそうありはしない。〝世界のコシミズ〟の一員たるお前と、仲良くしたいと思ってるお偉いさんが、おせっかいを焼こうとしているのかもしれん。

富永は、苦笑いを浮かべて、コーヒーをするしかなかった。ざらりとした苦みが舌に残った。

筑摩の話は眉唾《まゆつば》ものではあったが、まるっきりデタラメとも言い切れない。永田町以上に霞が関は、本音と建前が交錯する伏魔殿《ふくまでん》でもある。

とくにキャリア組は、唯我独尊なプライドを育む一方、激烈な権力闘争に曝されるがゆえ、他人の動向のチェックに余念がない。同期のなかには、警視庁や警察庁はおろか、県警本部や天下った警察ＯＢ全員の家族構成や趣味嗜好を頭のなかに叩きこみ、コネ作りに全力を傾けている者もいる。

国民に奉仕するという本分を忘れ、旨味《うまみ》のあるポストを求めて、上層部と同僚たちのほうにばかり向く。

富永の目から見れば、堕落以外の何物でもないが、そうした人物ほど出世するのは世の常だ。人事は、本人の能力や功績よりも、学閥や家柄といった事情で決まるときもある。富永も若くはない。今さら霞が関の論理に驚きはしない。

筑摩はつけくわえた。

――どこの誰かは知らないが、そのおせっかい焼きは、能天気な頭をしているに違いないな。お前を関西に戻せば、家庭が丸く収まるとでも思ってるらしい。

筑摩は、大阪府警での勤務経験があり、紗希の評判をよく知っている。情熱的で奔放な性格で知られるじゃじゃ馬。関西の社交界では昔から有名だ。恋多きお嬢さん。それは、今も変わってはいない。

富永は、コンビニで水分を補給すると、ジョギングを再開した。

人事異動の季節となれば、ガセネタも花粉のごとく飛び交う。ぬか喜びと拍子抜けに備えなければならないが、そうはいっても筑摩が仕入れる情報は確度が高い。京都での暮らし。紗希との生活。考えるだけで胃が重くなる。

浅草寺の西側、大衆演芸場の前に差しかかる。つくばエクスプレス《TX》の開通で観光地化が進み、真新しいビルやアーケードが建っている。だが、古い路地はまだまだ入り組んでおり、道路の隅ではダンボールに包まれたホームレスが眠り、雑多な空気をかもしていた。

渡世人のカツラをかぶったチャンバラスターのパネル、老漫才師の写真などを横目に、大衆演芸場の横にある路地に入る。自転車がどうにか通れるほどの細道だが、そこには赤いビニール屋根のコインロッカーが設置されていた。

富永はコインロッカーの前で足を止めた。周囲を確かめ、ポケットのなかにあるキーを取り出し、ロッカーの鍵穴に差しこんだ。

ロックを外して、年季の入った古びた扉を開ける。インスタントヌードルの容器がぽつんと置かれてあった。

彼はそれを摑み出した。フタがテープで閉じられているが、具材やメンは入っていないので容器は軽い。

フタを剝《は》いで、容器のなかを覗く。なかは清潔だ。一枚の折り畳まれたメモ用紙があった。

富永はメモを読んだ。

『2／6（水）債権者Y・E、債務者Y・Mに接触／Aに関する情報を収得／債権者はR・Eと共謀、債務者を以前から標的／債権者、Aの捜査を続行中』

デッド・ドロップ・コンタクト——人気《ひとけ》がない場所に情報を隠し、のちに仲間が回収する。単純でアナログなやり方だが、ハイテク化が進む現代でも、多くの諜報組織で用いられる連絡手段だ。インターネットや携帯電話では機密を保持できない。

富永は、八神瑛子に二度敗北している。最初は公安時代の部下を、二度目は元刑事の調査員を使った。彼女を尾行させ、素行を調べさせたが、どちらも八神に見抜かれている。彼女を一介の悪徳刑事と見くびったせいだ。

おかげで調査員は、八神に丸呑みされてしまった。病院送りにされた調査員に、報告を再三求めたが、富永に口を開こうとはしなかった。

富永は無表情でロッカーを離れた。メモの内容を反芻《はんすう》する。つまり……。

Y・Eこと八神は、債務者Y・Mこと南千住署の焼津に接触した。焼津は、本庁組対部で印旛会系高杉会を担当していた男だ。彼女は焼津からA――高杉会の芦尾に関する情報を得たらしい。

焼津をカタに嵌《は》めるため、R・Eこと劉英麗に協力を求めた。劉は福建マフィアの幹部で、蛇頭ともつながりがあり、男を骨抜きにできる美しい女を山ほど抱えている。いかにも彼女らがやりそうな手口だ。

八神は飴《あめ》と鞭《むち》を行使して、警察内部にイヌを飼っている。数は富永にもわからない。情報提供者を作る手腕は、優秀な公安刑事にも負けていないだろう。

富永は容器をコンビニのゴミ箱に捨てた。メモを細かく千切り、口内に放って呑みこんだ。細心の注意を払わなければ、情報を寄せてくれた部下を潰しかねない。

メモの相手は、八神の部下である花園だ。組対課は課長の石丸を含めて、ほぼ全員が八神に飼われている。花園だけが、組対課の色に染まりきっていない。スパイ作りが得意なのは、八神だけではないのだ。

花園を手駒にするのは難しくはなかった。もとは頭の堅いエリート警官だ。井沢や石丸に連れられて、飲食街や風俗店に繰り出しているが、後ろめたさがあったのだろう。

独身寮で暮らす花園が外泊許可を得た日、動向をチェックするだけでことは済んだ。富永は花園と仲良くなったホステス嬢のマンションを訪れた。署長による抜き打ちの訪問に、花園は腰を抜かした。叱ったりはしなかった。ただ冷やかに見つめ、従うべき人間が誰なのかを認識させた。

スパイを操る者にとって重要なのは、情報提供者の身の安全だ。花園とのやり取りを八神に知られれば、彼は警察から追い出されるだけでなく、署内の誰かに背中を刺されかねない。仲間を売るのは現場の警官たちにとって最大のタブーだ。

東上野のマンションに戻ると、シャワーを浴びて汗を流した。目玉焼きと食パンで朝食を摂った。

朝日に照らされたフローリングの部屋は殺風景だ。余計なものはない。薄型テレビと安物のソファ、中国製のPCを載せたテーブルぐらいしかない。ポスターや装飾品もない。部屋に変化があれば、すぐに気がつく。

そろそろ室内をクリーニングする時期だった。盗聴器や小型カメラの有無を確かめる必要がある。署長室に盗聴器を仕かけられてからは、定期的に行っている。それも最後になるかもしれないが。

朝食の後片付けを済ませても、出勤時間にはまだ余裕があった。署長は署のそばに住むことが義務づけられているが、他の幹部たちの多くは、郊外から混雑した電車やバスを乗り継いでやって来る。所属長がつねに一番乗りでやって来ては、部下たちが委縮しかねない。ただでさえ、忙《せわ》しい大規模警察署だ。署員には必要以上のストレスを与えたくはなかった。そんな気遣いができるようになったのも、上野署に来てからだ。得られた教訓は数えきれない。だが、きれいにカタがついたわけではない。

富永は、部屋の隅に置いてあったアタッシェケースを抱えた。ダイヤルを回して開錠する。なかには書類の束――八神に関する自筆のレポートだ。

八神との対決が残っている。彼女との決着をつけないかぎり、この上野からは去れない。

彼女は昨年末、印旛会千波《せんば》組の有嶋《ありしま》組長と面会している。彼の依頼を受け、メキシコの麻薬カルテルが放った殺し屋と対決した。命の危険を顧みずに、大物親分からの難題に挑んだのは、有嶋から情報を得るためだ。

八神の目的は、すでにはっきりしている。陰で金融業を営むのも、裏社会となれ合うのも、真実を摑むための早道だからだ。彼女の夫の八神雅也は、奥多摩の橋から身を投げるまで、有嶋の兄弟分である芦尾勝一の死を探っていた。捜査一課は、ふたりの死をいずれも自殺と判断した。

　夫の死で子供まで失った彼女は、そう思ってはいない。悪党たちに脅され、冷酷な暴力に曝され、死の恐怖を目の当たりにしても、追撃の手を緩めようとしない。

　書類を再びアタッシェケースのなかに戻した。富永は思う。ふたりは自殺ではないのか。死因を調べた警視庁捜査一課は、腕利きの専門家集団だ。胸に光る赤バッジは伊達《だて》ではない。怠慢や驕《おご》りを嫌い、自分たちの目を疑ってかかる。自殺と判断するまでには、徹底した捜査が行われたはずだ。

　八神は、風車相手に戦うドン・キホーテに過ぎないのか。ありもしない陰謀の存在を信じ、いもしない敵を憎み続けているだけなのか。

　富永はスーツに着替え、マンションを出た。浅草通りの歩道は、サラリーマンや学生たちで混雑し始めている。

　彼は歩いた。警察署とは正反対の方向へ。上野消防署の裏側にあるビジネスホテルに入り、公衆電話のブースに近寄った。携帯電話を持っているが、容易に使う気にはなれない。

　電話機にコインを投入し、ボタンをプッシュする。忙しい朝にもかかわらず、相手はすぐに電話に出た。

3

瑛子は拍手をした。

メタルミュージックの激しいビートが、会場いっぱいに響き渡った。落合里美《おちあいさとみ》がレスラー時代から使っていた入場テーマ曲だ。

会場のドアが開き、ライトに照らされた里美が、巨体を揺らしながら、のしのしと入ってくる。

厚ぼったい瞼《まぶた》と鈍く光る瞳。両眉をすっぱりと剃り落とし、髪はモヒカンにしている。金色のトサカが照明で輝いていた。劇画の世界から抜け出したような迫力に満ちている。

ピンク色のスパッツとタンクトップが、筋肉の鎧《よろい》で今にもはちきれそうだった。膝には黒のサポーター。両拳にはブルーのオープン・フィンガー・グローブを着用している。彼女の後ろにセコンドの男性ふたりがついていた。

会場の〝新宿レッグス〟は、収容人数が約三百人の狭いホールだ。フルハウスとはいかず、空席が目立ったが、里美のパワフルな姿に圧倒されたのか、客席からは大きなどよめきが起きた。

レスラー時代の里美を覚えている客もいるらしく、黒いTシャツを着たプロレスマニアらしき中年男性が絶叫している。肝心な試合では相手と呼吸が合わず、煮え切らないプロレスを披露していたというが、道場では里美こそが女子最強だという噂が、ファンの間では根強く囁かれている。里美はロープをくぐり、リングに立った。

里美は、実家の酒屋で働きつつ、レスラー復帰を目論んでいたが、プロレス団体から声はかからず、総合格闘技《MMA》からオファーがあった。

リング上では、すでに相手選手が待っていた。気合充分の面構えだ。柔道の選手だったらしく、下半身がどっしりと安定している。里美より身長は低いものの、背筋が異様に発達している。初出場の里美と違い、総合格闘技のリングに何度も上がっているようで、緊張はそれほど見られない。

パイプ椅子がきしむ音がした。瑛子の隣に中年の男が腰かけた。きついニコチン臭がする。

「遅れてすまなかった」

瑛子は軽くうなずいた。

「客が少ないわりには、熱気がすげえな。暑くてかなわん」

倉部郁《くらべかおる》は、皺だらけのハンカチで顔の汗を拭い、手に持っていた紙コップのコーラを飲んだ。

「また禁酒を始めたの？」

「バカ言え、こっちはまだ勤務中だ」

倉部が紺色のウィンドブレーカーを脱いだ。ワイシャツ姿になり、袖をまくる。

「忙しそうね」

「おかげさんでな。職場の周りは酒と女でいっぱいだってのに、おちおち飲み歩く暇もねえ。お前とゆっくり飲めた時代が懐かしいよ」

タキシードを着たリングアナウンサーが、里美と対戦相手の経歴と名前を、コブシを利かせて読み上げた。

倉部は里美を見上げる。

「お、あのねえちゃん……」

「覚えてる？」

倉部は広い前頭部をなでた。

「覚えてるもなにも……大トラのあいつに投げ飛ばされたのは、このおれだ。今でも冬になると、ぶつけた腰が痛みだしやがる。プロレスはクビになったんじゃなかったか？」

「これは総合格闘技。プロレスじゃない」

「似たようなもんだろうが。人をぶん投げたり、ぶっ潰したりするんだろう？　あんときはひでえ目に遭った」

倉部は肩をすくめた。今は新宿署に在籍しているが、かつては荻窪署の刑事課で、瑛子と机を並べた仲だ。

リング上の里美を見つめる。瑛子が出会ったのも、荻窪のころだ。プロレス団体から解雇通告を受けた彼女は、西荻の焼き鳥屋で大量のヤケ酒をかっ喰らった。それを大学の応援団員にからかわれ、酒場が立ち並ぶ路地で、連中相手に大立ち回りをした。詰襟にリーゼントの男たちを、叩きのめしただけでなく、止めに入った警官に対しても暴れた。張り手を制服警官の顔に見舞い、倉部に俵投げをかけた。

豪快な戦いぶりに惚れこんだ瑛子は、喧嘩沙汰をなかったことにした。以来、里美は瑛子の腕となって、一筋縄ではいかない悪党やアウトローたちを締め上げている。

試合開始のブザーが鳴ると同時に、モヒカン頭の里美は対戦相手へとダッシュした。ラリアット気味の大振りなフックを繰り出す。風を切る音がした。当たれば首が吹き飛びそうな一撃を、相手選手があわててダッキングしてかわしていた。再び客席からどよめきが起きる。

倉部が目を丸くした。

「背筋が冷たくなるな……まあいい、おれにとって驚くべきはお前のほうだ。そこまで摑んでいたとはな」

「高杉会絡みで、自殺が三つ起きている。会長の芦尾、雅也、高杉会の金を運用していた共生者。偶然とは思っていないし、どれも自ら命を絶ったとも考えにくい」

「当たり前だ。雅也の野郎が、自殺なんてするわけねえんだ」

倉部は顔をしかめた。

雅也と彼は友人同士だった。通っていた大学は違ったが、登山を通じて学生のころから交流があった。

荻窪署に勤務していたころ、倉部と雅也と三人でよく酒を飲んだ。捜査一課は雅也の死を自殺と判断したが、彼を知る全員が納得したわけではない。

倉部は首を振った。

「冬のアルプスで死にかけたときもあったが、あいつはテントが吹き飛ばされても、へらへら笑ってやがったんだぞ。おれが見てきた人間のなかじゃ、あいつは二番目に肝がでかかった」

「二番目？」

「そりゃ一番はお前だ。夫婦揃って、お前らは肝っ玉がでかすぎる」

倉部はひっそり笑った。

「今でも時々思うんだ。あいつがうちのカイシャに入ってたら、さぞ悪党に煙たがれるスーパー社員になっていただろうにってよ。捜査一課《ソウイチ》のやつらは、なんもわかっちゃいねえのさ」

倉部の言葉が歓声でかき消される。

リングでは、里美がレスラー出身らしく、鋭いタックルを決めていた。相手の重たそうな両足を抱えて、マットに押し倒した。大きな拳で顔やわき腹を殴ろうとする。

里美の奇襲にひるんでいた相手も、里美の腕を取って寝技に持ち込もうとした。グラウンドの攻防に入り、客席の温度が下がったところで、瑛子は口を開いた。

「雅也が調べていた芦尾会長も、自殺を考えるような極道ではなかった。歌舞伎町の浄化作戦でさんざん痛めつけられて、高杉会は干上がりつつあったというのが、もっぱらの評判だったけれど、必ずしもそうじゃない。芦尾の米櫃は、まだまだ豊かだった」

倉部は目を見開いた。

「そりゃ本当か？」

「たぶん。情報《ネタ》をくれたのは、そこいらによくいる〝事情通〟とは違うから」

アジア最大の歓楽街と呼ばれ、ヤクザの巣窟《そうくつ》と目された歌舞伎町は、警視庁による徹底的な浄化作戦によって、すでに街の形を大きく変えていた。暴力団が牛耳っていた時代は終わろうとしている。

ヤクザの資金源となっていた飲食店や風俗店は、執拗に摘発を受け、今ではみかじめ料を払わない店が半分以上を占めているという。暴排条例によって暴力団は住処《ヤサ》を追われ、縄張りを維持するどころか、事務所を構えることさえ難しくなっている。

マル暴の刑事のなかには、自分の仕事がなくなってしまうのではないかと、冗談めかして心配する者もいる。瑛子でさえ、高杉会の財政状況は逼迫《ひっぱく》していると睨《にら》んでいた。これまで彼女が掻き集めた情報は、高杉会の困窮を指し示すものばかりだった。

それを覆《くつがえ》したのは、芦尾の兄弟分だった有嶋章吾《しょうご》だ。有嶋が与える難題をクリアし、彼の口をこじ開けることに成功した。

先月、日比谷にあるホテルのカフェで、東京東部を支配下に置く大親分と面会した。赤いセーターを着用し、ミルクティーを静かに飲み、品のいい老紳士を演じていた。剣呑《けんのん》な気配を漂わせた護衛が、半ダースほどついていたが。

有嶋は瑛子に言った。

――つまりだな。芦尾の兄弟は、根っからの博徒だったのさ。

彼の言葉の続きを待った。しかし、彼はジャムをつけたスコーンを齧《かじ》るだけだった。瑛子は訊いた。

――それで？

——わからんかね。

——以心伝心というわけにはいかない。親分と私は住んでる世界が違いすぎる。それに、こちらは死ぬ思いをしたんだから、サービスしてくださらない？

——よかろう。つまり本物の博徒ってのは、運を天に預けるような愚か者じゃないのさ。度胸や男ぶりなんてもんはどうでもいい。兄弟は歌舞伎町の顔役らしく、気性の荒い猪武者を演じていたに過ぎん。

——芦尾会長が言っていた〝起死回生の方法〟とやらは、ブラフじゃなかったのね。

有嶋はうなずいた。

——本物の博徒が一か八かの大博打に出るときってのは、たいてい裏ではカタがついていたりするもんだ。兄弟は戦略家だった。知恵が回る分、策に溺《おぼ》れたともいえる。兄弟の〝脳みそ〟を調べてみろ。道端に散らばった本物の脳みそじゃなく。

瑛子はリングを見上げる。

対戦相手が里美の両股の間に身体を入れ、グローブをつけた拳を顔面に振り下ろしていた。距離はあるが、仰向けになっている里美の顎や頬をかすめる。

瑛子は倉部に言った。

「芦尾の脳みそも砕けてしまったけれど、彼のブレーンまでもが死亡してる」

芦尾の金を運用していた島本は、三年前にオフィスがある日本橋のマンションから墜落死した。芦尾や雅也と同じ死。全身打撲と脳挫傷によって命を失った。

島本には自殺に追いこまれる理由はあった。焼津から彼の存在を訊き出すと、日本橋を縄張りとする中央署の古株刑事たちに話を聞いた。

島本が扱っていたのは、高杉会の金だけではなかった。極道やマフィアの後ろ暗い金を洗濯し、彼らのために利殖に励んでいた。島本が死んだことで、金の正体までもが追えなくなってしまったという。

世界の景気が上向きで、マネーゲームがうまくいっているうちは、ヤクザは彼ら共生者を、金の卵を産む鶏として、これ以上にないほど大事に扱う。ただし欧州の経済混乱が予想以上に厳しく、新興国の経済成長が鈍くなってからは、島本もだいぶ苦戦を強いられていたらしい。顧客は黒社会の人間だ。「溶けてしまいました」では済まされない。好景気のときは〝先生〟などと呼ばれていた彼も、複数の団体から追いこみをかけられ、窮地に立たされていたという。

兜町《かぶとちょう》に近い日本橋のオフィスは、とくに荒された形跡もなく、飛び降りた島本のベランダには、彼以外の足跡は発見されなかった。あやしい指紋や衣服の繊維片もなし。芦尾と雅也と同じく、自殺以外に考えられない現場だったらしい。

倉部は、ショルダーバッグから大判の茶封筒を取り出した。瑛子の膝に置く。

「おれも土産を持ってきた。この試合のチケットをくれた礼だ。おれのもそこいらの〝事情通〟とはわけが違うぜ。なかなか興味深い情報《ネタ》が入った。見てみるといい」

瑛子は周囲を見渡した。

ふたりの両隣は空席。おまけに観客の目はリングに釘づけだ。ふたりに注目する者はいない。

里美と対戦相手はマットの上で、もつれ合っていた。相手に横からのしかかられていたが、里美が相手の脚を摑み、アキレス腱固めを狙っていた。

瑛子は封筒の中身を取り出した。数枚の書類が入っている。書類には、カメラを静かに見つめる男の写真があった。逮捕時の顔写真だ。

腫れぼったい一重瞼。瞳は冷たい光をたたえていた。ジャガイモに似た無骨な顔つきは、歴史書に出てくる幕末の侍を思わせた。

「設楽《したら》武志《たけし》ね」

「知ってたのか」

「当時の高杉会のやつらなら、たいてい頭に叩きこんでる」

瑛子は手の甲で写真を小突いた。

　高杉会の構成員なら、自宅の壁のボードに写真を貼ってある。経歴を記した書類なども。芦尾が死んで、高杉会が代替わりを果たしてからも同じだった。高杉会の下部団体のメンバーまで記憶している。

　ただ、設楽については詳しくはない。芦尾の盃をもらってはいたが、序列は低い位置にあった。

「たしか……芦尾が死亡した後に、足を洗ってカタギになったはず。フィリピンあたりに行ったとか。こいつがどうかしたの？」

「今になって考えると、設楽は海外にトンズラしたというべきだろうな」

　瑛子は倉部の顔を見やった。彼はうなずいた。

「つまり、組対課《マルボウ》もマークしてねえ三下《さんした》が、意外にも組のキーマンだったって話さ。危機が迫った組織にはよくある話だが、いくら芦尾に親分の才覚があったとしても、警察《サクラ》の代紋かららさんざんイジメられれば、ヤクザなんてのは我が身可愛さに、平気で親兄弟を裏切るようになる。昭和の昔話になるが、無敵と呼ばれた二代目華岡《はなおか》組のころだってそうだ。警察が頂上作戦をやり始めたら、幹部たちがこぞって親分を売りやがったのさ。二代目の若頭《カシラ》なんか、親の意向を無視して、組の解散を実行しようとしたくらいだ。華々しい高度成長期ですらそんなもんだ。しみったれた今の世じゃ、やつらの盃なんて百円ショップの安物よりも価値がねえ」

倉部が例として出したのは、日本最大の関西系暴力団の華岡組のことだ。

昭和の大親分として知られる真垣達雄《まがきたつお》は、芸能と港湾荷役で莫大な財を築く一方、強大な戦闘力を発揮し、全国制覇に乗り出した。

飛ぶ鳥を落とす勢いの華岡組だったが、警察庁と兵庫県警による頂上作戦によって、組の金庫番や七奉行と呼ばれた舎弟たちが次々に逮捕されると、鉄の軍団と呼ばれた組織の結束はあっけなく崩壊しかけてしまう。

ある者は真垣に不利な証言をし、ある者は脱退届を親分に一方的に送りつけてカタギとなった。

数々の抗争で武勲を挙げ、常勝将軍と呼ばれた若頭は、公共工事の利権をめぐる恐喝容疑で逮捕されると、兵庫県警の意を受け、病気療養中の真垣の意向を無視し、組の解散を推し進めようとした。それを知った真垣は激怒し、若頭を引退に追いこんだ。

闇市時代からつきあいのある仲間に次々と裏切られた真垣は、頂上作戦にも屈しなかった若手を大胆に起用。組織の若返りを図って難を脱した。ヤクザ集団に限らず、土俵際に追いこまれた会社組織でもよく起きる現象だ。

「つまり……芦尾会長は信頼できない重鎮よりも、この若い設楽を重用しようとしてたってわけね。初耳だった」

「情報源《ネタモト》は芦尾の第二夫人だ。ネイルサロンを経営してる若いねえちゃんでな。極道の情婦《オンナ》らしく、口の堅《かて》え女で、時間がかかった。サーフィンと大麻《クサ》に目がなくてよ。趣味を見逃す代わりに、当時の芦尾について話してもらったんだ」

瑛子は目を細めた。倉部は続けた。

「第二夫人によれば、芦尾は墜落死する直前まで、この夫人が暮らすマンションに、設楽をしょっちゅう呼んで密談していたようだ。当時の芦尾と設楽が、なにを目指したのかはわからん。ただ、そのころの芦尾は、極端な秘密主義を取っていた。第二夫人の部屋にはボディガードも入れさせなかったし、盗聴防止のために業者を呼んで、部屋もひんぱんにクリーニングさせては、設楽とひそひそやり合っていたらしい。もしかして、ふたりでカマでも掘り合ってたんじゃないかと、夫人はずいぶんと気を揉んだようだ」

「設楽は今どこに。まだフィリピンに？」

倉部は首を振った。

「ここからが、おもしろくなってくる。これも第二夫人の証言だが、設楽を見かけたやつがいるらしい。今年に入ってからだ。約一か月前、情婦と一緒に池袋をうろついていたそうだ」

「最近じゃない」

「ああ。フィリピンからひっそり戻ってきているらしい。親分とブレーンが死んで三年経ってる。ほとぼりが冷めたと判断したのかもしれねえ。やつを追ってみるといい」

瑛子は書類にじっと目を落とした。逮捕写真の設楽武志と見つめ合う。

丸坊主頭に無精ひげ。撮影されたのは、彼がまだ二十代半ばのころだ。虚勢は見られず、静かな貫禄を感じさせた。やけに老成して見える。会長の芦尾に気に入られていたからには、相応の実力を有していたに違いない。

封筒には、設楽の経歴が記された書類があった。新潟の工業高校を中退し、しばらくぶらぶらしていたが、高杉会系の政治団体に所属。二十五歳のとき、粉飾決算で騒がれた大手証券会社の本社ビルに四トントラックで突っ込み、四年を刑務所のなかで過ごしている。その功績が認められ、歌舞伎町にあるバカラ賭博などの裏カジノの店を複数任されていたという。

じっくり読んでいると、倉部に肘でつつかれた。

「それより、いいのか？」

「なにが？」

「試合だよ。書類を見ろとは言ったが、お友達の晴れ舞台じゃないのか。試合そっちのけで夢中になってる場合じゃねえだろう」

「ああ……」

瑛子は思い出したように顔を上げた。

リングでは、相変わらず里美が対戦相手とマットのうえで絡みあっていた。

相手のほうが有利な体勢で、今にもマウントポジションを得ようとしていた。里美の股の間に身体を入れ、腹や顎に拳を振り下ろす。威力は感じられないものの、里美の頬や額が、ところどころで内出血を起こしている。

ブザーが鳴り、一ラウンドが終わる。取っ組み合っている両選手の間にレフェリーが割って入り、ふたりを立ち上がらせてコーナーへ戻らせた。里美のモヒカンと豪快なパンチに驚いていた観客は、退屈なグラウンドの攻防に飽きてしまったらしく、まばらな拍手しか起こらなかった。

倉部がため息をついた。

「『ああ』って……だいぶ苦しそうだぞ」

「たしかに。実力差がありすぎるってのは困りものね」

「あん？」

里美の顔は暗かった。

もともと表情は乏しかったが、ひさびさの晴れ舞台というのに、丸椅子に腰かけて休む彼女は、なにやらしんみりとした目をしていた。入場したときとは異なり、瞳にあった鈍い輝きが消え失せている。飲食店で注文した料理の量が思ったよりも少なかったときに見せる顔だった。食い足りていないのだ。メシのしょぼさに困惑している。

里美のコーチが、鬼の形相で彼女の頬を張り飛ばしている――まじめにやれ、このメス牛、なにがやりてえんだ。

拳を雨あられと振り落していた相手選手は、エンジンがかかった様子だった。肩で息をしているが、目を鋭くさせている。里美とは対照的に、セコンドからしきりに褒められている。里美のパワーは、小さな興行の前座試合で収まるレベルではないのに、プロレスラー時代の癖が抜けないらしく、人の目を気にしすぎている。試合開始時に見せた大振りパンチも、観客を喜ばせようとしたのだろう。自分の戦いを見失っていた。グラウンドの攻防では、高価な大壺でも抱きかかえているかのように、扱いに困り果てていた。

瑛子は、両手をメガホン代わりにして声をかけた。

「里美！」

里美が瑛子を見やる。

瑛子は彼女を静かに見つめ、人差し指で首を掻き切る仕草をした。里美は軽く微笑を浮かべた。

倉部が眉をひそめた。

「物騒なゼスチャーだな。どういう意味だ」

「見たまんまの意味よ」

瑛子は書類を叩いた。

「とにかく、この設楽さんと早急に会う必要がありそうね」

「気をつけろ。ここは連中のホームタウンだ。なにがあるか、わかったもんじゃない」

「そうね」

「おれはもう少し訊いてみる」

「第二夫人に？」

「今度は第三夫人だ。あのくらいの歳のヤー公となりゃ、たいてい糖尿だのでナニが勃《た》たないやつばかりだが、芦尾はかなりお盛んだったらしい。そんだけ何事もやる気マンマンだった野郎が、あっさりケツ割って死ぬとは思えねえんだ」

第二ラウンドを告げるブザーが鳴った。里美は首をぐるりと回すと、少し猫背の姿勢で歩み出した。両腕のガードが低い。相手選手が軽やかなステップで近づいてくる。

「ありがとう。気をつけて」

瑛子は書類を封筒にしまい直し、パイプ椅子から立ち上がった。倉部がリングを指さす。

「おいおい、帰るのか」

相手選手が、隙だらけの里美の顔面に右フックを放った。里美は避けようとしない。彼女の左頬に拳が突き刺さる。客席が沸騰したヤカンのような大歓声に包まれる。吹き飛んだのは相手選手のほうだった。里美がカウンターの右フックを浴びせていた。相手選手はロープに背中を打ちつけ、反動でマットの上を前転した。仰向けに倒れる。ようやく里美らしさが出た。とっとと終わらせろ。そう命じたのがよかったらしい。

彼女には、相手のパンチをかわしながら迎撃するという高等な技術はない。代わりにダンプカーのタイヤみたいな頑丈な肉体がある。相手選手は起き上がる気配すら見せない。レフェリーが頭上で両手を交錯させた。両選手のセコンドたちがリングに飛びだす。里美側のスタッフは、おもちゃ屋に来た子供みたいに顔を輝かせていた。勝ったにもかかわらず、やはり平手で里美の背中や肩をどやしつけている。

当の勝利者は、鼻から血をダラダラ垂らしたまま、ぼんやりと突っ立っていた。レフェリーに腕を掲げられても、これといった表情も見せない。瑛子に向かって、ペコリと頭を下げる。

倉部が皮肉っぽく笑う。

「たいしたタマだな。お前ら」

「祝勝会の準備なら、もう済ませてる。今夜は飲むつもりよ」

瑛子は微笑を浮かべ、試合会場を後にした。

4

富永が尋ねると、目の前の大男は呆れたように口を開いた。

「まったく……なんというか」

大男は凝った模様のカップを手に取った。

ふたりがいるのは、コーヒー好きの間では有名な専門店だ。熟練の腕を持った白髪のマスターが、手間暇かけてドリップしたスペシャルブレンド。だが、大男はまずそうにすすった。

「富永署長、おれはあんたを買ってましたよ。おれみたいな下っ端ごときが、雲の上の将校に向かって、買うも買わないもないんだが……あんたにはもっと出世してもらいたかった。そこいらのキャリア野郎と違って、現場のことをわかっている」

「光栄だ」

富永はコーヒーを静かに口にした。

てりゃよかった」
「しかし、どうやらおれの目が節穴だったようですな。まったく。今日はおとなしく直帰し

警視庁捜査一課の班長である川上修平《かわかみしゅうへい》は、相変わらず忙しそうだった。着ているスーツやシャツはパリッとしているものの、理髪店に行く暇までは見つけられないらしく、側頭部の髪がだいぶ伸びている。整髪料でなでつけているが、長く伸びたもみあげの周辺には剃り残しの毛がある。

ふたりがいるのは赤坂の繁華街の地下にある喫茶店だ。周囲は焼肉店や居酒屋などが並び、通りは酔っ払いであふれ返っているが、喫茶店には控え目にジャズが流れ、不思議なくらいに静寂が保たれている。

上野署に配属される前、警視庁外事一課にいたころは、夜遅くまで営業しているこの店を訪れ、なにかと思索にふけった。

ちょうど川上が赤坂署に詰めていたため、署に近いこの店を面会の場として指定した。

赤坂のマンションに住む資産家の老人が、散歩中に何者かによって刃物で刺殺された。川上は、署に設けられた捜査本部で、事件の捜査にあたっていたのだ。

被害者の財布やバッグがなくなっていたことから、物取りによる犯行と思われたが、現場周囲に設置されていた防犯カメラの一台に、千葉の東金《とうがね》に住んでいるはずの、老人の甥らし

き中年男性が映っていたため、捜査は急展開を見せていた。川上は東金から戻ってきたばかりだった。

甥にアリバイはなく、訊きこみによって、彼が消費者金融から多額の金を借りていた事実が判明。資産家の老人とも、金の貸し借りをめぐってトラブルを起こしていた。甥が、大きなマスクで顔を隠しながら、東金のホームセンターで包丁を購入する姿も目撃されている。明日にも重要参考人として、署に引っ張るつもりだという。

大きな成果を得て、上機嫌で赤坂に戻ってきた川上だったが、富永からある質問を投げかけられると、一転して渋面に変わった。予想していた事態ではあったが、ガラリと変わった表情は文楽の人形を思わせる。

川上は頭をボリボリ掻いてから言った。

「……八神にキンタマでも握られましたか」

「あいにく、握られた程度で潰れるほど、私のはヤワじゃない」

富永は川上の目を見すえた。ジョークを交えたつもりだが、川上はにこりともしない。

「噂はおれの耳にまで届いていますよ。あと二月《ふたつき》もすりゃ、関西のほうにめでたく栄転となるらしいじゃないですか。なぜ八神と一緒になって、昔のことをほじくろうとするんです」

「まず、誤解を解くところから始めよう。私は彼女と組んでなどいない。むしろ彼女と決着をつけるつもりでいる。異動の噂が出た今だからこそ、私はきれいにケリをつけなければならない。そのためには、敵のすべてを知る必要がある。生い立ちから青春時代、人生の転機、そして現在にいたるまで。最終的には敵の親兄弟や配偶者よりも詳しくなる。それが私のやり方だ」

富永は川上を指さした。

「その敵をもっともよく知るのが君だ。さらに重要なのは、君が彼女に飼われていない点にある」

川上の目つきが変わった。仕事に疲れた中年男から、赤バッジの職人らしい緊張に満ちた顔つきになる。聞く耳を持つ気になったようだ。

富永が質問したのは、八神瑛子を語るうえで避けられない問題だった。彼女の警察人生を変えた夫の死の件だ。

三年前、八神雅也は奥多摩の橋から身を投げた。川上はその死を自殺と判断した捜査班のひとりだ。同じ大学剣道部に所属し、八神に警官になるよう勧めた張本人でもある。だが、八神が変貌を遂げてからは、彼女を警察社会の異物と見なしている。

その川上に、挑発同様の質問をぶつけていた。八神雅也の死は本当に自殺だったのかと。彼の捜査官としての腕を疑ったも同然だ。席を蹴られなかっただけでも幸いといえた。

「気を悪くするのは当然だ」

富永は声のボリュームを下げた。夜遅くの喫茶店には、客はほとんどいなかった。とはいえ、大声でやりとりすべき話ではない。

「しかし無礼を承知で、尋ねないわけにはいかなかった。私に残された時間は少ない。これは一種のパワーゲームだ。異動の辞令が正式に出た時点で、私に勝ち目は完全になくなる。すでに八神は、警視庁内の警官を多く手なずけている。巨大派閥の領袖と言ってもいい。いくら肩の階級章が立派でも、よその県警へ去ると決まった人間に、口を開く者などいなくなる。おまけに、彼女が味方につけているのは警官だけじゃない」

川上は苦りきった表情で聞いていたが、大きく息を吐いてから口を開いた。

「ベロと一連の抗争事件ですか」

富永はうなずいた。

昨年末、上野公園の遊歩道で、人間の身体の一部が発見された。切断された右手と舌だった。

発見されたとき、おりしも上野署では、年末年始の特別警戒活動の出動式のセレモニーを行っていた。現場に走って駆けつけた富永は、植え込みに放置された肉片を、視認している。

のちに腕と舌の持ち主は、メキシコの麻薬カルテルとヤクザの間を取り持つ韓国人男性と判明している。肝心の彼の遺体は現在も発見されていない。

殺人死体遺棄事件として捜査が始まったが、複数の銃撃戦や抗争が、東京都内において次々に勃発した。暴力団員やメキシコマフィアの構成員、元暴走族の半グレ集団なども加わり、多数の負傷者と死者を出した。

警視庁はもちろん、全国の警察官がパトロールや暴力団事務所のシケ張りを重点的に行うなど、騒然とした雰囲気のまま年越しを迎える羽目となった。

抗争は、都内で幅を利かせていたメキシコ産覚せい剤をめぐって起きたものだった。関西系広域暴力団の華岡組が、メキシコの麻薬カルテルと組み、都下の傘下団体と元暴走族OBを使って、大規模な販売を目論んだ。過剰供給によるドラッグ市場の値崩れを嫌った関東系広域暴力団の印旛会が、その販売網を潰しにかかったのが真相と言われている。

関西と関東によるドラッグ戦争は、ひとまず印旛会に軍配が上がった。正月明けから警視庁には、華岡組系の販売ルートに関する密告が殺到した。警視庁組織犯罪対策課は、得た情報をもとに、メキシコ産覚せい剤の一掃を図り、密売人の一斉検挙を行うなど、大きな成果を挙げた。

上野署管内にも、華岡組系の覚せい剤を扱う不良外国人や暴力団関係者が多く潜んでいたが、組対課の八神らが残らず検挙している。

激しい抗争事件がきっかけで、頭を痛めていたメキシコ産覚せい剤の撲滅に成功したものの、死体の山を築いた一連の抗争事件に対する捜査は進んでいない。おりしも、全国では警察官の不祥事が相次いでいる。メディアは連日のように、警察へのバッシングを行っていた。

富永は知っていた。一大抗争事件の中心に、八神が深く関わっていたことを。彼は元警官の調査員を雇い、八神の監視にあたらせていた。

彼女は、印旛会の大物である有嶋章吾と、何度か面会している。関東ヤクザ側の依頼を引き受け、メキシコ産覚せい剤の撲滅を図り、関西側の密売ルートの全容を知るキーマンと接触した。おかげでキーマンの暗殺を目論むメキシコ人の殺人鬼と、対決せざるを得なくなった。

途中で富永の監視は八神に見抜かれてしまったため、彼女の行動のディテールは今でもわかっていない。

とはいえ、推理するまでもなかった。彼女自身も裏社会の人物たちに混じり、私的な暴力や制裁行為に手を染めていた可能性が高い。彼女はこの時期に肋骨三本を骨折。殺人鬼との戦闘で負傷したものと思われた。

激しい戦場となった奥多摩や八王子で、八神らしき人物を見たという目撃証言がいくつかあった。奥多摩の駐在所では、若い巡査が国道で検問を実施している。その巡査は、車で移動する八神を呼び止めたと話したが、翌日には見間違いだったと証言を翻した。青梅《おうめ》署が、現場周辺に設置された防犯カメラのデータを集めて回ったが、いくつかが本庁の鑑識課に渡された段階で消え失せている。

富永は言った。

「あのでかい抗争事件で、ようやくわかったよ」

「なにがです」

「八神の考えだ。彼女は、今でも夫が自殺したとは考えていない。自殺などと決めた君たち捜査一課や、それればかりか警察組織そのものを逆恨みし、悪徳警官へと転げ落ちたのだと……私はそう見なしていた。君もそうだろう」

「違うって言うんですか？」

川上は、砂糖が入ったポットに手を伸ばした。

山盛りの砂糖をコーヒーに入れ、スプーンで荒っぽく掻き回してから飲んだ。かなり甘くなったはずだが、川上の苦々しい表情は変わらない。

「あいつの背中には、悪霊がべったり貼りついてやがるんですよ。ホトケを悪く言いたかねえが、死んだ旦那があいつを許してくれちゃいない。八神はタフです。だから信じてもいたんだ。時間さえ経てば、背中の憑きものも、やがて剝がれ落ちていくんじゃねえかと。ところが、あいつはますますおかしくなっていった。このまま行けば、塀のなかにぶちこまれるか、ヤクザと揉めて消されるかもしれねえ。あいつを警官の道へと導いたのはこのおれだ。もう刑事《デカ》なんざ辞めて、幸福になってほしいと思ってるんです。手遅れかもしれませんが」

富永は椅子に座り直した。度胸のいる質問を再びぶつける。

「八神に惚れていたのか」

「ええ」

川上は意外なほど、あっさりと認めた。わずかに頬が赤くなる。

「当然でしょう。大学時代は、みんなあいつに首ったけだった。あれだけべっぴんで、ビッとしてりゃ、あのころの青臭い小僧はみんなイチコロでしたよ。剣道の腕も並外れていたし。男よりも女のほうが、ファンは多かったかもしれません。昔はもっと髪が短くて、宝塚の男役みたいだった。惚れちゃいたが、当時のおれはシャイだったんで、気楽に女と話せるようなタイプじゃなかった。なにせこのツラですからね」

川上は自分の顔を指さし、ニヤッと笑った。

ヤクザも身構えるようなコワモテだが、彼の妻は正反対に、優しく穏やかな雰囲気の女性なのだという。

現在の川上は愛妻家で有名だ。一日の仕事を終えると、彼はポケットにしまっている結婚指輪をそっと左手に嵌めるのだという。富永はまだその瞬間を目撃していない。未だにその噂を信じられずにいた。彼の薬指にそれとなく目をやったが、今は指輪がなかった。

川上は再び表情を引き締めた。

「ですが、署長殿。誓って言うが、おれは捜査に私情なんか持ちこんだりはしません。おれだけじゃねえ。捜査一課《ソウイチ》の刑事《デカ》ってのは、そういうもんなんです。手抜きも肩入れもしねえ。黙って調べるだけだ」

「わかっている。現場には争った形跡がなかった。八神雅也が落下した橋の手すりには、彼の指紋しか発見されていない。現場付近の奥多摩では、彼以外に目撃された者もいない。また彼の血液からはアルコールが検出されている。そのとき、彼がかけていたショルダーバッグにはウイスキーのポケット瓶があった」

富永は淀みなく述べた。川上は鼻を鳴らす。

「学習済みじゃないですか。そういうことですよ。八神夫婦は、ふたり揃っておそろしく酒が強かった。だが、それが仇《あだ》になったのか、旦那のほうは昼間からちょくちょくガソリン代わりにやってやがった。悪く言えば、アルコール依存症の一歩手前だ。仕事がうまく行ってなかったという証言も得てます。やつの前職は知ってますか?」

「東日《とうじつ》新聞の記者だろう。しかも警視庁の警察《サツ》回りだった」

「そのとおり」

東日新聞はリベラルで知られる大手全国紙だ。八神雅也は優秀な事件記者だったらしい。新聞記者時代の彼は、持ち前の体力を活かして刑事部屋の動きを注視していた。鋭い勘の持ち主でもあったらしく、いくつものスクープをモノにしている。

川上はカップのなかの液体を、しげしげと見つめながら語った。

「記者時代から、あいつを知ってましたよ。いかにも東日らしい警察嫌いの新聞記者《ブンヤ》でしてね。エリート臭さはなかったが、ニコニコ笑って人を油断させておいて、エッグい記事を書きやがる。そのうえ野郎は、大学剣道部時代のマドンナまでかっさらいやがった。気に食わねえこと、このうえねえ」

「その後、上司と揉めて新聞記者を辞めている。東日新聞から堂論社の雑誌記者になった」

「全部知ってるんじゃないですか。そうですよ。一流新聞社から、三流ゴシップ雑誌へと移籍している。やつが昼間からアルコールに手を出すようになったのも、勤務先が変わってからだ。八神は旦那を敏腕ジャーナリストだと信じ切っていたが、そんなのは惚れた者の幻想でしかねえ。『週刊タイムズ』がどんな雑誌か、知ってるでしょう」

富永はうなずいた。

『週刊タイムズ』は、組対課あたりの荒くれ者たちが愛読しているゴシップ誌だ。

中身は飛ばし気味のスキャンダルや、中高年男性の鼻の下を伸ばさせるエロ記事が中心だ。過激な無修正ヘアヌードを載せ続け、警視庁に目をつけられていた時期もあった。

八神雅也を知るため、大量にバックナンバーを取り寄せたが、読み終わって始末に困っている。持っていることを署員にはあまり知られたくはない。読者の品性を疑われそうな内容で埋め尽くされている。

ヤクザ社会や半グレ集団に関する情報を多く扱っていたが、暴排条例が施行されてからは、裏社会に関する記事はめっきり少なくなっている。

川上は口をひん曲げた。

「最低なカストリ雑誌ですよ。ジャーナリズムの〝ジャ〟の字もありゃしねえ。暴力団《マルB》のたわ言をそのまま載っけて、ヤクザ好きのバカを喜ばせる御用雑誌だ。連中の秘密を探るような真似なんかするはずもねえ。八神雅也の編集長にも問いつめましたよ。記者がぶっ殺されるくらいに、お前のところは気合入れてヤクザの秘密なんかを追っていたのかと。編集長はひたすらたまげてましたよ」

話の途中で、携帯電話が震える音がした。川上がスーツの内ポケットから携帯電話を取り出した。液晶画面に目をやる。

「やれやれ、管理官殿だ。なにか動きがあったのかもしれねえ」

彼の言う管理官とは、殺人捜査の専門家として知られる沢木《さわき》哲男《てつお》だ。資産家殺人事件の捜査本部の捜査主任を務めている。富永とも親交があった。

「行ってくれ。急に呼び出したりしてすまなかった」

川上は席を立った。

「こっちこそ。おれは異動の噂がガセであることを祈ってますよ。あいつを止められるのは、やっぱりあんたぐらいしかいない。うまいコーヒーでした」

川上は去り際に言った。

「今度こそ、あいつの亡霊を振り払ってやってください」

彼は足早にコーヒー店を後にした。

富永は店員を呼んで、二杯目のコーヒーをオーダーした。

川上との面会で、得た情報はそれほど多くはない。予想の範囲内だ。川上は八神雅也の自殺説を信じ、八神瑛子を他殺説に凝り固まったドン・キホーテと見なしている。

八神の人生を知るうえで、避けては通れない人物だった。彼女の冷えた顔つきの裏には、並々ならぬ激情が潜んでいることを、改めて教えてくれた。コーヒーを飲みながら、罫紙《けいし》に話の内容を書き記し、三杯分の料金を払って店を出た。

赤坂から地下鉄を乗り継いだ。上野駅から地下道をくぐり、酔っ払いたちを避けながら浅草通りを進んだ。

　彼の職場である上野警察署へと戻った。目を通さなければならない書類が山積みだ。

　玄関をくぐると、宿直の署員らが一斉に目を剝いた。交通課の若手が椅子から立ち上がる。

「しょ、署長」

「どうした」

　富永は眉をひそめた。

　彼が、夜中に署に立ち寄るのは珍しくない。誰よりも署に長くいるため、陰で〝上野のヌシ〟と呼ばれているほどだ。自宅が署の近隣にあるため、終電を気にする必要はない。帰りを待つ家族がいるわけでもない。驚いた様子の署員らに、富永自身が戸惑いを覚える。

　若手署員がドモリながら答えた。

「お、お客様がお見えです」

「客？」

　富永は腕時計を見た。まだ十時三十分。とはいえ、この時間に人と会う約束をした覚えはない。

「誰だ」

「いや、お客様と言いますか……」

署員の返答は要領を得なかった。富永は足早に階段へと向かう。

「おれだよ」

頭上から声をかけられた。富永は見上げる。

背広を着た男が、階段の踊り場に立っていた。両手をズボンのポケットに入れている。

富永は目を見開いた。同時に署員らの狼狽《ろうばい》の原因を理解する。

狸《たぬき》のような丸顔。赤銅色に焼けた肌。刑事部長の能代《のしろ》だった。

5

瑛子は歌舞伎町を歩いていた。

彼女は倉部と別れたあと、格闘技会場近くのカフェで、彼から受け取った書類に目を通した。こつこつと集めていたのだろう。設楽武志に関する情報が詳しく記されていた。

芦尾がトップだったころの設楽は、高杉会のなかでも有数の稼ぎ頭へと成長していたという。

バカラ賭博や裏スロットを経営して収益を上げた。度重なる浄化作戦によって賭博場を摘発されたが、機動力を活かして、新宿のあちこちで店を開き続け、収益を維持していたという。そうした実行力が、親分である芦尾に評価されていたのだろう。

賭博で稼いだ金の行方は、南千住署の焼津が教えてくれた。トップの芦尾が投資ファンドに預け、マネーロンダリングを兼ねた投機で、収益をさらに増やした。

芦尾が金を託していたのは、チューリッヒ《Z》・ユニオン《U》・バンク《B》の元バンカーである島本学だ。

ZUBを辞めた島本は、五年前から日本橋にオフィスを構え、投資ファンドを設立。設楽が汚れた金を芦尾に納め、芦尾が島本に汚れた金を預け、島本が汚れた金を増やしつつ、クリーンに洗って極道に戻す。芦尾の高杉会は、そうしてどうにか勢力を維持してきたのだろう。

その関係は三年前に終わっている。芦尾が死亡し、後を追うようにして、島本もオフィスから身を投げた。

芦尾と設楽と島本。三年前、三人はさらになにかを仕かけるつもりでいた。資金を獲得しつつも、組織が徐々に縮小化していくなか、起死回生の手段を練っていたという。具体的なプランはわかっていない。わかっているのは、それが大失敗に終わったことぐらいだ。若手幹部の設楽は高杉会を抜け、海外へと行方をくらませている。

設楽が今になって、日本に戻ってきているという。居場所は不明だが、瑛子は興味を抱いた。

瑛子は歩き続けた。寿司屋やキャバクラのネオンが輝く歌舞伎町の風林会館近く。うるさく寄ってくるスカウトマンやナンパ師を無視し、一軒の雑居ビルの前で足を止めた。ビルの二階部分には、ホストクラブの巨大な看板が掲げられ、ナルシスティックにポーズを決めたホストたちが映っていた。

目当てのホストクラブ〝プラチナム〟自体は、ビルの六階にあった。エレベーターを降りると、チョコレート色の重厚なドアがあり、大理石のプレートに店名が記されていた。ドアのわきには、メニューを置いたスタンド。飲み放題プランがある。入口の高級感に反して、大衆的な店のようだった。明朗会計であればの話だが。

瑛子がドアを開けた。受付役のホストが、瑛子の顔を見て息を呑んだ。この手の店を訪れれば、どこへ行っても、似たような反応が返ってくる。

彼はあわてて頭を下げる。

「い、いらっしゃいませ」

「初めて来たんだけど。かまわない？」

「もちろんです。ご案内いたします」

店内は、黒を基調としたシックなインテリアで統一されていた。不況と言われるホスト業界だが、リーズナブルな価格設定が効いているのか、〝プラチナム〟の客の入りは悪くなかった。

客はバリエーションに富んでいた。風俗嬢らしき派手な格好の若い女が多いが、スーツを着たOLらしきグループや、貫禄のある管理職風の中年女性もいる。店内はざわめきであふれ返っている。

受付役が瑛子を奥の席に案内した。黒革のシートに腰を下ろす。無数の視線を感じた。ヘルプでついているホストたちが、客の話に耳を傾けながらも、ちらちらと瑛子を盗み見てくる。

受付役は落ち着きを取り戻していた。うやうやしくメニューを持ち、カーペットに跪《ひざまず》いた。ビールや甲類焼酎、サワー類などが飲み放題のプランがあること、初回に訪れた客はホストの指名料が無料であることなど、店のシステムを慣れた口調で説明した。

瑛子は、受付役の語りを手でさえぎった。

「だいたいわかったから、ブランデーのバカラを持ってきて」

受付役が再び目を丸くした。

「バカラですと、当店では――」

「ないの？」

「ございます。ただ、お値段のほうですが……」

受付役はメニューを急いでめくり、ブランデーの項目を指し示そうとする。

「飲み放題プランにないのは百も承知よ。会計なら心配いらない」

瑛子はショルダーバッグを開け、現金の束を取り出した。一万円札を十枚一組にした束。いくつか摑んで、テーブルに置いた。

「足りる？」

「失礼しました！　大至急、お持ちいたします」

受付役はメニューを閉じ、バーカウンターへと早足で戻っていった。やがて妖艶な形のボトルが瑛子のもとへと運ばれてきた。ホストたちが驚きの目を向けてくる。

受付役が持ってきた〝男メニュー〟の写真を見てホストを選んだ。誰でもよかったが、瑛子は考えるフリをしてから指名した。自分と年齢が近そうな三十代くらいのホストだ。名は静馬《しずま》といった。騒がしそうなガキは避けたかった。

やがて静馬がやって来て、受付役と同様に床に跪いた。口髭をたくわえた渋い面構えの男で、ビジュアル系バンドのように長い髪をした他のホストと違い、パーマをかけた黒い頭髪を額にかかる程度にまとめている。中年向けの男性ファッション雑誌のモデルみたいな外見だった。

「ご一緒してもよろしいでしょうか」

黒色の名刺を差し出す。瑛子はうなずく。

静馬は対面の丸椅子に座ると、芝居がかった仕草で、瑛子の顔を見つめてきた。

「いやあ、私、たいへん驚きました。こんな天使みたいにおきれいな方がいらっしゃったものですから」

「それはどうも」

静馬は、騒がしいタイプではなかったが、絶句するほど陳腐なセリフを並べ立てては、瑛子を閉口させた。それでもフルーツの盛り合わせや、値の張るベルギー産のチョコをオーダーし、店の売上げに貢献してやった。

静馬や多くのヘルプに囲まれた瑛子は、雑談をして頃合いを待った。職業を尋ねられると、金融業を営んでいると答えた――まるっきり嘘をついているわけではない。

けっきょく、いきなり現れた太客《ふときゃく》をモノにしようと、若いヘルプたちに囲まれた。騒がしいガキにあれこれと話しかけられて鬱陶しい。

ブランデーを三杯空けたところで、瑛子は静馬らに微笑みかけて切り出した。

「なかなか居心地のいい店ね。店長にも挨拶しておきたいんだけれど、よかったらお目にかかれる?」

「承知しました」

ヘルプのホストが素直に、店長を呼びに行った。

〝プラチナム〟の店長である篠崎清輝《しのざききよてる》は、四十歳の中年男だった。八〇年代のロックスターみたいに、背中まであるライトブラウンの髪をたなびかせてやって来た。

ブラックのスリーピースを隙なく着こなし、ネクタイと同色の赤いポケットチーフを覗かせていた。ウエストのサイズは女性並みに細く、いかにもホストらしい優男風ではあったが、かなりストイックに肉体を鍛えているのは、服のうえからでもわかった。

ホストに呼ばれた篠崎は、甘い笑みをたたえながら瑛子のもとへとやって来た。だが、席の近くにやって来ると、一転して表情を凍りつかせる。

「……刑事《デカ》」

「え？」

静馬ら周囲のホストたちは、聞き取れなかったのか、きょとんとした顔をした。

瑛子はブランデーグラスを掲げてみせた。ヤクザの企業舎弟で働いていただけあって、篠崎は一目で彼女の職業を見抜いてみせた。

篠崎はテーブルに置かれた高級ブランデーとフルーツに目を走らせ、再び瑛子を見やった。彼の顔が再び営業スマイルに戻ったが、瞳に浮かんだ嫌悪と蔑みの色は消えない。

瑛子はホストらに言った。

「少し店長さんとお話がしたいの。席を外してもらえる？」

「あれえ……もしかして、お知り合いだったのですか？」

静馬が、店長と瑛子を不思議そうに見やる。

篠崎は他のホストたちと同じく、まずカーペットに跪いてみせた。柔らかな口調で部下たちに語りかける。

「ええまあ、そんなところです。みなさん、ちょっとだけ外していただけますか？」

ホストたちがぞろぞろと席を後にする。篠崎は、周囲に人がいなくなってから、名刺も出さずに対面の丸椅子に腰かけた。営業スマイルを浮かべたまま、冷えた目で瑛子を見すえる。

瑛子が訊いた。

「前にどこかで会ったかしら」

「刑事《デカ》なんて臭いだけでわかる。腐った刑事《デカ》なら、なおさらだ。一体、なんの用だ」

「のっけからご挨拶ね。この店での源氏名はなんていうのかしら、篠崎清輝さん」

篠崎は顔を近づけた。

「タカリならお断りだ。これまでも、お前みたいな刑事《デカ》がのこのこやって来たが、すべてお帰り願ってる。メスのゴキブリ刑事なんてのは初めてだけどな。サクラの代紋は、女まで腐らせるのか。おとなしく勘定を払って、とっとと帰れ。恥を掻くことになるぞ」

「まあ、こわい」

瑛子はチョコをつまんで口に入れた。篠崎は、料理の皿のうえに置かれたフォークやナイフを並べ直す。

「どこの署だ。所属先と名前を言えよ。人をヤクザ者と見なして、小銭をせびるつもりだったんだろうが、おれは今も昔も盃なんかもらっちゃいなかった。つまり、ただの善良なる市民に過ぎねえんだよ。おまけにここのオーナーは、おれの過去を知ったうえで雇ってくれているし、お前のところのお偉いさんやOBたちともつきあいがある。それとも弁護士を呼ばれたいか」

瑛子はブランデーグラスをゆっくり回した。

「勝手に話を進められても困る。警官だというのは、ずばり正解だけど」

「なにしに来た」

「設楽武志はどこ？」

「知るか」

篠崎は即座に答えた。瑛子が疑わしげな目を向けたが、彼は視線をそらさなかった。

「日本に戻っているのは、知ってるみたいね」

「いろんなやつに訊かれた。刑事《デカ》と極道の両方からな。だが、おれはなにも知らない」

篠崎清輝は、設楽が経営していた舎弟企業の元幹部社員だった。倉部がくれた書類に名前があった。福島出身の元不良少年で、何度か少年院にぶちこまれている。

本人は盃をもらっていなかったと言い張るが、ヤクザのもとで働いていたのは事実だ。設楽と一緒になって、違法カジノの運営に携わっていた。

設楽が高杉会から足を洗ったのを機に、篠崎もまた極道社会から距離を置いた。いくつかの職場を渡り歩いた末、この〝プラチナム〟に腰を落ち着かせたらしい。

篠崎は言った。

「設楽社長には、もう何年も会っていない。あの人がなにをするつもりなのかは知らないし、おれのほうにもこれといって連絡はない。かりにあったとしてもだ、またつるもうとは思わ──」

「軽いやつが飲みたくなったわ。ロゼのドンペリ持ってきて」

瑛子は彼の言葉をさえぎり、近くを歩いていたホストを呼び止める。

「マジっすか」

ホストは目を輝かせる。篠崎はとっさに笑みを浮かべ直し、瑛子にうやうやしく頭を下げる。

「ありがとうございます」

「もう少し話をしたいから、シャンパンコールはけっこうよ」

篠崎は若いホストに、ドンペリを持ってくるように命じた。やがて銀盆のうえにシャンパングラスとドンペリが運ばれてきた。値の張る高級酒を次々と頼む瑛子に、客たちの間からも、驚嘆の声があがる。

「お近づきの印《しるし》に」

瑛子がシャンパングラスを手にすると、篠崎が床に跪いて、淡いピンク色の液体を注いだ。小声で囁く。

「飴をいくらくれたところで、なにも言えることはない。どうせ、どこかの汚い金だろう」

彼女は彼の手からドンペリのボトルを奪い、篠崎にグラスを持たせた。シャンパンを注いでやる。グラスを軽く合わせて、ひと息でそれを飲んだ。篠崎もグラスを掲げ、きれいに飲み干す。

瑛子は唇についた酒を指で拭った。

「おいしい。私が稼いだ金よ。信じてもらえないでしょうけど。それとも鞭のほうがお好きなのかしら」

篠崎は鼻で嘲笑《あざわら》った。シャツとベストのボタンをゆっくりと外した。あたりを見渡してから、第三ボタンまで外したシャツをはだける。

「そんなもん、とっくにもらってる」

無駄な肉のない鉄板のような胸板が露《あらわ》になった。

釘でひっかいたような傷痕が無数にあった。まだ新しい。ガーゼや絆創膏を貼った箇所もある。いくつもの傷痕によって、皮膚がひきつれを起こしている。顔や体型が整っているだけに、かえって傷の惨《むご》さが強調されている。

瑛子は目を細めた。

「誰にやられたの?」

篠崎はボタンを留め直した。

「知るか。いきなり拉致《らち》られて、目隠しされて袋叩きだ。ヤクザかもしれないし、お前みたいな腐った刑事《デカ》かもしれない。暴力に慣れたやつらだよ」

「被害届は?」

「出したさ。おれはカタギだからな。だが、おまわりさんは決してそう思わない。お前も含めてな。いつまでも人をヤクザもの扱いだ。犯人を捜すどころか、被害者のおれを罵倒してきやがった。未だに歌舞伎町をうろついているから、こんな目に遭うんだとな」

「警察のお偉いさんと仲がいいんじゃなかったの?」

瑛子が問うと、篠崎は不機嫌そうに口をつぐんだ。代わりに瑛子のグラスにシャンパンを注ぐ。さっきよりも荒い注ぎ方だった。

「茶々を入れてごめんなさい。あなたを袋叩《フクロ》きにした連中は、設楽の行方を訊いてきたのね」

「知らねえんだから、答えようがなかった。いくら言っても通じないしな。おれだけじゃねえ。設楽社長のもとで働いていた幹部たちは、足を洗ったやつも、そうでないやつも、だいたい似たようなリンチに遭ってる」

「設楽さんはお尋ね者なのね。つまり、三年経っても、ほとぼりはちっとも冷めてなんかいない。それなのに彼は日本に戻ってきた。これはどういうことなのかしら。追ってるのは高杉会？　それともカタギ？」

「知らねえと言ってるだろう」

篠崎は顔をうつむかせた。

瑛子はドンペリのボトルを摑んで、篠崎のグラスにシャンパンを丁寧に注いだ。細かな気泡がグラスの縁で小さく跳ねる。

「知らなくとも、推理くらいはできるはず。誰かに拉致られて痛めつけられたのなら、身を守るためにも嫌でも考えざるを得なくなる。あなたは勘も働くし、設楽と大きなカジノを切り盛りしていた。ここでも短期間で店長に昇格してる。頭が回る証拠ね。お考えだけでも拝聴したいわ。それぐらいサービスしてくれても、バチは当たらないでしょう」

彼はなにかを言いかけたが、途中で口を閉じた。後ろをホストが通り過ぎる。

篠崎は頬を掌でさすった。険しくなりがちな表情をほぐし、接客中のホストらしい笑みを改めて浮かべる。従業員たちには、自分の過去を隠しているのだろう。

「残念ながら、なんにも考えちゃいない。もう一切、関わりたくないんだ。こんなところで働いている以上、たまに昔の連中と顔を合わせるときもある。でも、ここで下手に動いて、関わりを持とうとすれば、今までの苦労が水の泡だ」

瑛子はシャンパンを飲みながら、黙って彼の話に耳を傾けた。篠崎は続けた。

「身の安全なら考えてるさ。一番の道は無視することだ。知る気もないし、考えもしない。楽な道じゃないが、それがもっとも安全なんだ。昔のことを引きずるくらいなら、どうやったらこの店がもっと繁盛するかを考えたほうがいい」

「だったら昔話だけでかまわない。売上に貢献してあげる。あなたが設楽の会社にいたころの話よ。会長の芦尾と設楽、それに元バンカーの島本学。彼らがなにを企んでいたかご存じ？」

篠崎は首を振った。

「それも答えはノーだ。知らねえ。もっとも知りたくねえ話だ」

「もっとも知りたくない……よっぽど危険ということね」

篠崎は二杯目のシャンパンを笑顔のまま飲み干した。事情を知らない他のホストが、遠目から羨ましそうに彼を見つめている。

「あのころ、裏スロやカジノで稼いだ金を、島本って洗濯屋に預けていたのは知っていたさ。それだけだ。設楽社長と芦尾会長が、なにかヤバいことをやろうとしてたってのは、後で知った。なにしろ会長が死に、設楽社長もおれたちを置いてトンズラしちまったんだ。当時はなにがなんだかわからなかった」

篠崎は椅子から立ち上がった。スーツの襟を正す。瑛子は彼を見上げる。

「お喋りを続けたいんだけど」

「金と時間の無駄だ。今さら設楽社長がどうしようが、おれにはなんの関係もない。飴をくれようが、鞭で打とうが、知らねえものは知らねえとしか答えられねえんだよ。そのシャンパンはおれからのサービスだ。とっとと帰ってくれ」

篠崎は深々と一礼して、瑛子の席から立ち去った。他の客にゆったりと挨拶をする。瑛子を威嚇《いかく》した姿からはほど遠い、物腰柔らかな立ち振る舞いだった。

店長がいなくなったのを機に、大勢のホストが群がろうとする。瑛子はボトルに残ったドンペリを、シャンパングラスに注ぐと、一息でそれを空けた。駆けつけたホストに精算を依頼すると、彼らは一様に落胆の表情を見せた。

「ええ？　もうお帰りですか」

「また来るわ。店長にもそう伝えて」

会計を現金で済ませた。シャンパンの代金は含まれていなかったが、それでも高級ブランデーのボトルをオーダーしたため、十万の束がいくつも消えた。しかし、それなりに収穫はあった。

瑛子は、大勢のホストに見送られて店を出た。

6

「お電話いただければ、すぐに戻りましたのに」

富永は能代を署長室に案内した。能代は赤い鼻をこすり、応接椅子にどっかりと腰かけた。

「なに。近くに用事があったんで、ちょっと寄っただけだず。こんな時間でも、お前ならきっといるだろうと思ったんでよ」

宿直の若い署員が茶を運んできた。茶托がカタカタと震えている。刑事部長という雲の上の人物を前に、署員は緊張しているようだった。

「おう、夜遅くにすまねえな。がんばれよ」

能代は、硬くなっている署員の尻を叩いた。

彼の肌は、冬にもかかわらず赤銅色に焼けていた。釣りが趣味で、季節を問わずに海へと出かけている。野暮ったい銀縁のメガネと灰色の薄い頭髪が特徴的で、東大出身の高級官僚というより、田舎の選挙区から出た保守派政治家に見えた。言葉には出身地の東北訛《なま》りが時折交じる。

「これか」

能代は腕を振って、ジョギングをするフリをした。

「いえ。私用でちょっと外出していました」

「こっちだったか」

能代は小指を立てた。

「まさか」

「隠すことねえべ。お前ぐらいの色男が単身赴任となりゃ、女のほうが放っちゃおかねえだろう。おれだってこんなナリをしちゃいるが、昔はそれなりに火遊びを嗜《たしな》んだもんだ。鶯《うぐいす》谷《だに》のラブホにでも行ってたのが？」

思ったぞ」

「歯の治療です」

「そうか……おれはてっきり人事の噂を耳にして、現地妻と別れの一発でもしてきたのかと
返答につまる富永を見て、能代は大きな声で笑い、お茶をすすった。

彼は富永のデスクに積み上げられた書類の山を見やった。

「もっとも、こっだなでかい署のトップともなりゃ、目先の仕事に追われて、他のことにかまけてる暇もないだろうがな」

能代は〝他のことに〟のところだけ口調を強めた。富永の背筋を冷たい汗が伝う。

能代が顔を見せた時点で、心の準備は済ませてはいたが……。表情には出さないが、心臓の鼓動が自然と速まる。

能代は爪を隠すのがうまい。嫌らしいくらいに。粗野な田舎者を装いながら、長く捜査二課の課長として辣腕を振るい、大手銀行の不正経理やＩＴ企業の粉飾決算など、悪知恵の働く高学歴の経済犯を料理してきた。

富永は茶を口に含んで考えた。自分が川上と会っていたことを、能代はおそらく知っている。

「昨年の夏から、この管内では大きな事件が立て続けに発生しました。能代部長を始めとし

て、本庁の方々のお力添えもあって、今日までどうにかやって来られました」

「堅苦しい挨拶はよせよ。噂が流れてるだけで、別れを言うにはまだ早い。おれだって人事のことなんか知らねえしよ。それに世話になってるのはこっちのほうだず。女ばかり狙った連続殺人だの、人のベロを公園に置かれたりと散々だったな。正月も京都には帰れなかったんだろう」

「ですが、いい経験になりました」

「もし異動となったら、うんと家族サービスをしてやるといい。そっちのほうが、どんな厄介な事件《ヤマ》よりも難しいがもしんねえしな」

富永は苦笑してみせた。能代は、同じ階にある組織犯罪対策課のほうを見やる。

「厄介な事件《ヤマ》といえば、あの八神女史はどうしてる。元気にしてるか？」

「ええ」

富永は平静を装ってうなずいた。

「女史にも世話になった。前にも言ったと思うが、彼女のようなデキる刑事がいるおかげで、こっちもでかい顔をしていられるってわけだ」

「本当の目的はそちらでしたか」

能代は膝を叩いた。

「正解。あのべっぴんな顔を拝みに来たんだ」

「八神係長なら外出しているようです。帰宅したのかもしれませんが」

「そうみてえだな。失敗した。無駄足だったべ」

能代はソファから立ち上がり、室内をブラブラとさまよい始めた。デスクや書棚をぐるりと見渡す。

「ここだけの話なんだが、こういう失敗はなるべくしたくねえもんだがら、いっそ刑事部長の力を使っちまおうかと考えててよ」

富永は能代を冷ややかに見つめた。

「本庁にスカウト、というわけですか」

「そうすりゃ、あのきれいなツラをいつでも眺められっぺ。よその部に取られる前に唾をつけておきてえ。べっとりとな」

「まさか捜査一課《ソウイチ》ですか」

「そこまで考えちゃいねえ」

能代は、ポケットに両手を突っこみ、窓から夜の浅草通りを見下ろした。横顔を注意深く観察したが、彼の感情は読み取れない。

八神が多くの警官を手なずけているとはいえ、刑事部長ほどの男を飼えるとは思えない。

もしそんなことが可能であるなら、わざわざヤクザの御用聞きをしたり、危険なアウトローたちと対決する必要はなくなる。警視庁の中枢にアクセスでき、本庁が集めた極秘情報を好きなだけ入手できる。それこそ、彼女の原動力となっている夫の死についても、捜査方法はおのずと変わってくるはずだ。

富永は言った。

「しかし、刑事部長ほどのお方が、所轄の係長を一本釣りとは。異例というべきでしょうね」

「それほど惚れこんでんだ。ツラはもちろんだが、頭も腕も折り紙つき。前にも言ったかもしんねえが、おれは古い考えの人間なんでよ。ちょっと荒っぽい昔気質《むかしかたぎ》の刑事が好きなんだ。もっと早い時期に、ラブコールを送りたかったんだが、お前もエースを引き抜かれたんじゃ、なにかと困るんでねえがと思ってな」

能代は富永のデスクを小突いた。

「ここを去るかもしれんという噂を聞きつけて、こうしてまっ先に仁義を切りに来たんだ。来年度のお前は関西に栄転、瑛子ちゃんはおれのもとへとやって来る。どうだ」

「なるほど」

富永は軽くうなずいて、能代の言葉を翻訳した。

″だから、八神を追っかけまわすのは止めろ″。能代はわざわざ釘を刺しに来たのだ。能代は、自分が八神を危険視しているのを知っている。ここを出て行くまで、じっとおとなしくしていろと。

彼は八神を欲しいという。数字だけを見れば、彼女はたしかにずば抜けた成績を誇る警察官だ。本庁の精鋭部隊に加えようと考えるのは、自然かつ正当なプランといえる。

ただし、八神を引き抜く理由はそれだけとも思えない。正当な理由だけなら、こうして所属長の富永を、暗に恫喝《どうかつ》する必要などないのだ。

能代は腕を組んだ。

「お前もわかりやすいやつだべ」

「は？」

「人は脳みそをフル回転させるとき、どう頑張ってもそれが顔に出るんだ。おれがもっぱら相手にしてきたのは、自分が世界一の切れ者だと思っているやつらばかりだった。京大や東大卒、マサチューセッツ工科大学《MIT》にハーバード。留学経験のある経営コンサルタントや、政治家をも操る霞が関のご同輩……みんな人からカミソリと呼ばれたくて、うずうずしている誇り高き連中だず。じっさい頭のいいやつらなんだが、腹芸はたいしてうまぐねえんだ。銀座のおねえちゃんのほうが、よっぽど巧みなんだな。お前もだよ。考えこむと、すぐに目の焦点があやしくなる」

能代は富永を指さした。

「部長にはかないません」

「お世辞はいらねえ。お前や川上班長が、八神女史を危険視しているのは知っている。隙ありゃ追い出そうとしていることもな。本庁に招くなんてもってのほかだと考えるのも、しごくまともな意見だと思ってる。とはいえ、清いところに魚は棲まねえってのが、おれの持論だ」

「八神をどうするおつもりですか？」

「うまく乗りこなしてやるさ。それとも、おれには無理だべか」

能代の目が光った。にやけた笑みを浮かべているが、彼のメガネ越しに見える瞳には、直視するのをためらう昏《くら》い光がある。

「いえ……」

能代は富永に近づき、彼の背中を叩いた。

「お前こそ身体に気をつけろ。下手に荒馬を追いかけ回して、蹴り飛ばされたりしたら一大事だかんな。今度の栄転には、多くの仲間が期待している。もっと大きくなって帰ってこい」

「わかりました」

能代は満足そうにうなずいた。手をひらひらと振って署長室を出て行く。彼は頭を下げて見送った。

富永の歯茎が熱い痛みを訴えだす。昨年からずっと歯痛を抱えていたが、未だに歯医者へは行っていない。かまわずに奥歯を噛みしめた。

「なめるな」

富永は小さく呟いた。

7

瑛子は歩きながら電話をかけた。

「もしもし。私よ」

〈こんばんは、刑事さん。振り込まれた数字を見て、ティファニーが目を丸くしてたわ〉

電話の相手は劉英麗だった。

瑛子はあたりに目をやる。ホストクラブを出た彼女は、歌舞伎町から西へと歩き、富久町《とみひさ》へと至った。東京医大近くの住宅街。あたりはひっそりと静まり返っている。

目的地は同じ富久町にある格闘技ジムだった。近所の居酒屋で、里美とジム関係者が打ち上げをやっている。終わったあと、彼女とふたりで祝勝会をするつもりだった。

「少なかったかしら」

〈逆よ。こんなにもらったら八神先生に申し訳ないって、ずいぶん恐縮してた。いくら払ったの〉

「少し色をつけただけよ。完璧な仕事をしてくれたお礼」

〈気前いいのねえ。こんな不景気な時代に〉

英麗はあきれたようにため息をついた。日本語の発音練習に励む女たちの声が耳に入る。

今夜は、彼女が経営する語学教室にいるらしい。

「頼みがあるんだけど」

〈今度は誰を嵌めるつもり？〉

「誰も。だけど、姐さんじゃなければ、誰にもできそうにない」

〈めんどくさ。安くないわよ〉

「一緒に毒を喰らってくれるんじゃないの？」

〈それとこれとは別。なんなの？〉

瑛子は話した。

高杉会時代の設楽武志には中国人の情婦がいた。一か月前に、日本で姿が目撃されたときも、その女と一緒にいたらしい。倉部から聞いた噂を伝える。

「情婦《オンナ》の名前は王慧琳《ワンフウイリン》。三年前まで、歌舞伎町のクラブで働いていたらしいの。知ってる？」

〈さあ。劉《リウ》や王《ワン》なんて名前の女は、この東京だけでもゴマンといるから〉

「でしょうね」

〈いつものように、前金を口座に振り込んで。確認してから動くわ。親しき仲にも礼儀ありよ〉

「わかってる」

瑛子は電話を切った。

英麗は、遠くないうちに情婦に関する情報を集め尽くすだろう。瑛子も裏社会に情報網を張り巡らせているが、英麗の収集能力はそれを上回る。同胞のこととなればなおさらだ。

中国人は地縁や血縁を重視する。世界のいたるところに進出しているが、ひとりひとりの行動範囲は意外と狭いものだ。国内にしろ、海外にしろ、出稼ぎをするために同郷の仲間や親戚を頼り、そのエリアのコミュニティのなかで生活する。人間関係の糸をたどれば、王の行方も自然と判明するはずだ。

倉部がくれた書類によれば、黒竜江《こくりゅうこう》省出身の王慧琳は、五年前に来日。設楽とは別の日本人と偽装結婚をして日本国籍を得ている。当時、中国人クラブで働きながら、金回りのいい設楽をパトロンにしていたという。情婦の線からも、設楽を追うつもりだった。

その時だ。ふいに赤ら顔の中年男が、暗がりから近づいてきた。

中年男は紺色のスーツにノーネクタイの格好。右手をズボンのポケットに突っこんでいる。パーマをあてた黒髪を後ろになでつけ、白いワイシャツのボタンをいくつも外し、胸毛の生えた肌を露出させていた。整髪料とコロンのきつい香りがした。

男が笑いかけてくる。

「おねえさん。ちょっと道を尋ねたいんだけど」

「どこ？」

瑛子は応じるフリをして先手を打った。

持っていた携帯電話の角を、男の鼻に叩きつけた。携帯電話を通じて、掌に鼻骨のひしゃげる感触が伝わる。

中年男は、路上に鼻血を振り撒き、身体をよろめかせた。瑛子の先制攻撃によって、右手に隠し持っていたナイフの刃先が、ズボンのポケットを突き破っていた。

瑛子はさらに携帯電話で突いた。男の顎を叩くと、携帯電話の角が砕け、液晶画面が割れた。部品のカケラが落ちる。中年男がうめき声をあげて、尻餅をつく。

複数の足音を耳にした瑛子は、壊れた携帯電話をバッグに放り、腰のホルスターから特殊警棒を抜いた。伸縮タイプの警棒を引き伸ばし、右手で柄を握りしめる。

迫ってくるのは三人の男だ。マンションの玄関に隠れていたらしい。黒いジャージや派手なセーターを身に着け、剣呑な雰囲気をまとっている。手には折り畳み式ナイフやハンマーがあった。

ジャージの男が、折り畳み式ナイフで突いてきた。タイミングを読んでいた瑛子は、特殊警棒を思いきり振り下ろした。ナイフを握る拳めがけて。

ゴツンという重い手応え。折り畳み式ナイフがアスファルトに落ちる。

ジャージの男の手が奇妙な形に変わる。手の甲の骨が折れ曲がった。男は負傷した手を大事そうに抱えて、後ろへ下がる。

ハンマーが瑛子の頭めがけて迫ってきた。彼女は道路に身を投げ、路上で受身を取った。ハンマーは彼女の頭があった位置を、うなりを上げて通過する。

「喰らえや」

セーターの男が、続けて瑛子の顔にハンマーを振り下ろした。瑛子は横転してかわす。ハンマーがこめかみのすぐ横で空を切り、道路を叩いた。砕けたアスファルトのカケラが、彼女の頬に降りかかってくる。

セーターの男が舌打ちした。今度こそと、歯を剝いてハンマーを振り上げる。

瑛子はハンマーが落ちてくる前に、特殊警棒を振る。セーターの男の脛《すね》を強打した。骨を叩いた特殊警棒がびりびりと震える。

セーターの男は、チェーンソーで切られた大木のように地面に倒れた。わめきながら脛を抱える。瑛子は立ち上がる。

瑛子は、特殊警棒を両手で握り直し、防御に回った。短く切った金属パイプが、特殊警棒に衝突して、硬い音を立てる。三人目の茶髪の男が襲いかかってくる。襲撃者のなかで、もっとも大柄な体格の男だった。

持っているのは重量のある鉛管――特殊警棒を通じて重たい衝撃が、びりびりと腕や肩に伝わる。

茶髪は蹴りを放ってきた。なんらかの格闘技を齧っているのか、脚がムチのようにしなる。蹴りが瑛子のわき腹に向かって飛んでくる。肘を下げ、ガードをしようとする。間に合わない。身体が吹き飛ばされ、マンションの塀に背中をぶつけた。息がつまる。

茶髪が鉛管を振った。瑛子の頬へと。彼女は特殊警棒の先端に左手を添え、鉛管の重い攻撃を防いだ。直撃を喰らわずに済んだが、特殊警棒はまん中から〝く〟の字に折れ曲がっている。

瑛子は特殊警棒を捨てた。茶髪が歯を覗かせた。笑みを浮かべ、鉛管を振り上げる。

瑛子が前に出た。彼女は手ぶらになった両手で、鉛管を握るやつの右手を摑む。同時に手首を力をこめて外側にひねった。関節を極《き》めた。やつの右手から鉛管が離れる。ゴツッという重い音を立てて、鉛管が地面にぶつかる。

「放せ。お、折れる」

茶髪が苦痛に顔を歪《ゆが》めて、身体をよじらせた。さらに手首の関節をねじる。

「これから折るのよ」

瑛子は、やつの右手の小指を握ると、関節と正反対の方向に曲げた。木の枝がへし折れるような音がし、茶髪は悲鳴をあげる。

瑛子はすかさず薬指を握った。折られた小指は、手の甲にぺったりとくっついている。茶髪は、左拳で瑛子の胸や背中を殴った。石つぶてに似た硬い痛みが走る。ただ瑛子が与えている苦痛に比べたら、たいしたダメージではないだろう。やつの薬指が反りかえっていく。

「や、やめろ」

瑛子は尋ねた。

「どちらさま?」

汗が目に入った。しみる目を見開き、周囲を見渡した。瑛子に打ちのめされた男たちは、まだ激痛にかかりっきりだ。路上を転がっている。

返答がないため、瑛子は続けて薬指を折った。骨が砕ける感触が掌に伝わる。茶髪は大きく口を開いたが、ほとんど声は出なかった。

瑛子は中指を摑んだ。

「どちらさま？」

「待て、待ってくれ――」

「おい、なにやってんだ」

野太い男の声が遠くからした。瑛子と茶髪の間に割って入るようにして駆けてくる。

二人組の男だった。緑色の制服を着こんでいる。近所のコンビニの店員らしい。胸にはコンビニチェーンのロゴマークが入っていた。

店員はずいぶんと背が高い。顔は暗くてわからないが、声の調子からして中高年に思えた。

瑛子は二人組に言った。

「警察よ。悪いんだけど、通報してくれない？　ちょっと手が離せないの」

「わかりました」

店員がポケットに手を入れた。

彼女は中指を摑んだまま、プランを組み立てる。危機をチャンスに変えてやる。近くの署に引っ張り、襲撃者たちの正体を明らかにする必要がある。

だが、瑛子は思わず息を吞んだ。茶髪から手を離す。

店員がポケットから取り出したのは携帯電話ではなかった。銃身の短いリボルバー。銃口が瑛子のほうを向く。

「誰」

店員らしき男は無言だった。

代わりにリボルバーが答えた。撃鉄が落ち、轟音を発する。

瑛子は腹に強い衝撃を受けた。激痛が走る。

彼女は息をつまらせた。両手で腹を押さえると、道路の上に倒れこんだ。

8

一宮祐樹《いちみやゆうき》は思わず見上げる。

拳銃を持った五条《ごじょう》が、銃口から立ち昇る煙に息を吹きかけた。

「おら。さっさとさらえ」

五條は、路上を転がるヤクザたちに命じた。ヤクザたちは突然の発砲に身を硬直させている。

撃たれた八神瑛子は、顔をアスファルトにつけて突っ伏していた。黒髪が顔を覆っている。

「なにモタモタしてる。お前らも欲しいのか？」

五條は撃鉄を起こすと、銃をヤクザたちに向けた。連中があわてて動き、八神を担ごうとした。ヤクザたちもそれぞれケガを負っているため、なかなかことは進まない。

一宮が駆け寄り、肩で八神を引き起こした。撃たれた彼女の腹を見やる。銃弾がシャツに穴を開けていた。

出血はない。穴から防弾ベストの生地が覗く。銃弾は、おそらく八神の肉体にまでは届いていない。

ダメージは大きいはずだった。倒れたさいに受身を取り損ねたらしく、彼女はアスファルトに頭をぶつけていた。脳震盪《のうしんとう》を起こしているようだった。

五條は防弾ベストの存在を知っていたのか。一宮にもわかりかねた。彼女の拉致が目的だが、たとえ防弾ベストがなかったとしても、ためらいなくトリガーを引く。五條はそういう男だった。部下となって四年が経つが、上司の行動は今でも読み切れない。

一宮は、八神のスーツの生地をめくった。左脇にホルスターと拳銃があった。五條が持っているのと似たようなリボルバーだ。一宮は手に取る。

コルトの三十八口径。官給品の拳銃とは思えない。この女の頭もどうかしている。ヤクザのひとりに渡す。

鼻血で顔を汚したヤクザが大きく腕を振った。約五十メートルほど離れたところに停車していたヴァンが近づいてくる。

一宮は息を吐いた。暴力に慣れたヤクザが四人。しかも奇襲をかけたというのに、たったひとりの女に返り討ちにされるとは。ひとりは脛の骨を折られたのか、まともに立つことすらできない。

路上には、ハンマーや鉛管といった武器類。ぐにゃりと曲がった特殊警棒が、闘いの激しさを物語っていた。五條の銃撃に度肝を抜かれたが、彼が撃っていなければ果たしてどうなっていたか。考えるだけで冷汗が出る。

ほのかに化粧の香りがした。一宮は八神の横顔を盗み見た。高い鼻梁《びりょう》と薄い唇。ほっそりとした顎と首。紅潮した頬やうなじには、艶やかな色気があった。噂には聞いていたが、まさかこれほどの美貌の持ち主だったとは。

一宮は八神をヴァンに運んだ。写真で確認してはいたが、その美しさに思わず目を奪われる。

「いい女だな。さらったら、先にやってもかまわないぞ」

五條が耳元で囁いた。

一宮は聞こえないフリをして、八神をヴァンの座席まで運んだ。五條は品のない笑い声をあげた。現役の刑事をさらうというのに、見とれる自分もどうかしているが、緊張感のカケラもなく軽口を叩く五條が信じられなかった。

ケガを負ったヤクザたちが、ヴァンに乗りこんだ。一宮も五條とともにシートに座った。八神の両脇に陣取る。

「早く行け」

一宮は運転席を蹴り、ハンドルを握るチンピラに命じた。だいぶ時間を失っている。静かな住宅街だ。すでに住人は騒ぎに気づいているだろう。五條は座席に腰かけるなり、くつろいだ姿勢で八神の胸を揉み始める。

一宮は眉をひそめた。ヴァンが動こうとしない。

「どうした」

「なんか、変な女が……」

運転手のチンピラが困惑ぎみに言った。

一宮はフロントウィンドウに目をやった。思わず声がつまる。

ヴァンの前には、仁王立ちした大きな人間がいた。黒いパーカーが、頭をすっぽりと覆っている。厚ぼったい瞼と太い首のおかげで、女と判断するのに時間がかかった。

女は異様だった。牛みたいな体格のうえ、顔のあちこちを赤く腫れ上がらせている。ただ者ではない。

チンピラは、クラクションを鳴らしかけるが、窓を開けて必死に手を振った。どくように命じているが、女は地面に根を生やしたように動かない。ぼんやりとした瞳でヴァンを見つめている。

「轢《ひ》け」

五條が、八神の胸をまさぐりながら言った。チンピラが振り返り、一宮に判断を仰いでくる。

五條は拳銃をチンピラに突きつけた。

「轢けよ」

「は、はい」

チンピラはハンドルを握りしめる。

エンジンが騒々しくうなった。パネルのタコメーターが跳ねる。ヴァンは前進をし始めたが、エンジン音や計器類の反応とは対照的に、動きが鈍い。

チンピラが呟く。

「嘘だろ……」

チンピラがアクセルペダルを強く踏んでいるのは、エンジン音の大きさでわかった。

パーカーの牛女が、顔をまっ赤にさせて、ヴァンのボディを正面から受け止めていた。じりじりと後退しているが、ヴァンの進行を阻《はば》んでいる。

一宮はうなった。

「化け物《もん》か」

タイヤがときおり空回りし、スキッド音に混じって、白煙があがり始める。ゴムが焼け焦げる臭いがする。

「止めろ」

五條はチンピラに命じると、スライドドアを開けて、外へと飛び出した。牛女に拳銃を向ける。

ヴァンを止めていた牛女が、猛然と五條へと襲いかかった。力士の立合いのように、五條の胸に頭から突っこむ。腹に響くような重たい音がし、五條の身体が後ろに下がる。履いている革靴の底が、アスファルトをずるずると擦っていた。

交通事故を思わせる激しい衝突だが、五條は笑みを崩さなかった。牛女のタックルを受け止める。

「おもしれえ」

五條は拳銃のグリップを、牛女の背中に叩きつけた。分厚い背中にグリップが埋まる。牛女は両腕を五條の腰に回し、より身体を密着させた。彼の背骨を砕こうと、サバ折りをしかける。

五條の背中が弓なりにしなった。一宮は目を疑う。牛女が化け物なら、五條は一種の怪物だ。彼をそこまで追いこむやつがいるとは。

五條は拳銃を振った。今度は牛女の頭だ。パーカーのうえから殴りつける。頭蓋骨を砕きかねない無慈悲な一撃だ。牛女はホールドを解かない。

五條は嬉しそうに歯を覗かせる。

「おもしれえな」

彼は拳銃でさらに頭を殴った。二回、三回。ガツガツと打ちすえると、牛女の顔が血で染まり始めた。大きな顔がまっ赤に染まる。

拳銃による四度目の打撃で、なにかが砕ける音がした。牛女の頭の骨ではない。拳銃のグリップのほうが壊れていた。五條はあきれたように眉をしかめる。

牛女も無事では済まなかった。ホールドが緩み、ずるずると崩れ落ちる。肩で息をし、道路に膝をつく。

「お前はここで死ね」

五條は、壊れた拳銃をヴァンのなかへ投げ入れると、牛女の首を両手で摑んだ。血まみれの牛女が息をつまらせる。一宮よりも重そうな牛女を、クレーンのように吊り上げる。

牛女の両足が地面から離れた。一本釣りにされたカジキマグロみたいに宙吊りとなる。

一宮は声をかけるべきか迷った。早くヴァンに戻れと。車内のヤクザたちも、一宮に助けを乞う。

五條は、邪魔が入るのを嫌う。とくに暴力とセックスに励んでいるときは。それで半殺しにされた人間を山ほど見ている。吊るされた牛女が、五條の頭を殴りつけるが、彼の腕の力は緩まない。

一宮が腹をくくった。声をかけようと、身を乗り出したときだった。顔に硬い痛みが走り、目の前で火花が散った。

一瞬、なにが起きたかわからなかった。隣で気を失っていたはずの八神が、一宮の顔に肘鉄を喰らわせてきたのだ。

視界が元に戻ったとき、八神はヤクザたちの手を払いのけて、ヴァンの外に飛び出していた。

八神は五條に身体ごとぶつかった。三人が折り重なるようにして道路に倒れる。血だるまの牛女が喉を押さえて咳きこみ、五條はマンションの塀に肩を打ちつけた。彼の顔から笑みが消え、本来の冷えた表情に戻る。

一宮はマンションを見上げる。窓やベランダのあちこちには人影があった。

「ずらかりましょう」

五條に声をかける。彼は拳を固めていた。まだ闘う気でいたのだ。時間はない。

五條はすぐに立ち上がった。彼の足にふたりの女が腕を絡ませ、逃がすまいとしがみついてくる。五條は、それを鬱陶しそうに振り払うと、ヴァンへと戻った。

チンピラがヴァンを急発進させた。ふたりの女たちを残して。サイレンの音が耳に届く。

「新宿方面だ。行け！」

一宮は運転席のヘッドレストを叩いた。

五條は頭や顔を、掌でゴシゴシとさすった。牛女の返り血を浴びて、頬が赤茶色に染まっている。耳のつけ根に裂け目ができていた。首吊りにしたさい、牛女に手刀を叩きこまれたらしい。

五條が言った。

「水」

一宮は、ドリンクホルダーのペットボトルを持った。五条に手渡す。彼はペットボトルの水をハンカチに浸した。それで血を拭うと、車内の緊張をよそに、彼はまた笑みを浮かべた。いきなり手を伸ばし、一宮の股間を握る。

「縮んでるな。やれなかったのが、そんなにくやしいか？」

強い力でイチモツを摑まれ、一宮の姿勢が前のめりになった。下腹部に激痛が走る。

「く、くやしいです」

「おれもくやしい。いい女だったもんな」

五条は手を離した。一宮は大きく息を吐く。五条の股間は、一宮とは反対に、大きく盛り上がっていた。穿いているスラックスが、今にもはち切れそうだ。

「久々だ……こんなに燃えたのは」

一宮が尋ねた。

「上には、報告しますか？」

「黙っとけ」

五条はフロアに落ちた拳銃を拾いあげた。破損したグリップを指でなでる。

「改めてタマをぶちこめばいい。空っぽになるまでな」

五条は、リボルバーの照星に目を近づけた。

彼の行動は予想がつかない。目標の八神を逃した以上、車内の誰かを気まぐれに撃ったとしてもおかしくはない。

一宮は息をひそめた。ヤクザたちも息を殺し、五條と視線を合わせないようにうつむいていた。

9

「行きましょう」

瑛子は、折れ曲がった特殊警棒を拾い上げた。

サイレンの音が鳴り響く。瑛子は被害者だが、拳銃まで発砲された以上、留まっていると面倒なことになりそうだった。集まった警官たちに事情をあれこれ訊かれ、動きが取りにくくなる。

瑛子は歩を進めた。身体がよろける。

「……大丈夫っすか」

里美が肩を貸してくれた。瑛子は首を振った。

「あなたこそ」

瑛子は里美の顔を見やった。パーカーで頭を隠しているが、顔が血でまっ赤になっていた。額には無数のタンコブができ、ジャガイモみたいに歪んでいる。

里美はパーカーの袖で血を拭った。

「超痛かったっす。昔、ゴングで殴られたけど、こんなに痛いのは、あのとき以来っす」

「ありがとう。命を拾ったわ」

里美は近くの居酒屋にいた。試合の祝勝会が行われ、ジム関係者らとメシを食っているとき、銃声らしき音を聞きつけ、すぐに外へ飛び出してきたという。

彼女からは酒の臭いがしなかった。さすがに試合直後とあって、アルコールは控えていたらしい。里美は大きくうなずいた。

「来てよかったっす。試合じゃ満足できなかったし」

「それはなによりね」

里美が通うジムは、町内のマンションの一階にあった。なかへと入る。室内は狭く、無理やり小さめのリングを設置していた。

リングのわきには、プロテクターやグローブ、スタンディングバッグなどが、ぎっしりと置いてある。どれも使い古され、リングはテープで補強されていた。鉄さびやワセリンなどが混じった複雑な臭いがした。壁には試合の宣伝用のポスターが、隙間なく貼られてあった。

会長を始め、関係者は居酒屋で飲んだくれているという。ジムには誰もいなかった。ドアを閉めて、鍵をかける。

ふたりは黙って治療にあたった。したたかに殴られた里美の頭の血を、濡れたタオルで拭い、薬液を浸したガーゼで傷口を消毒した。傷を拭くたびに里美は顔をしかめた。頭蓋骨が折れているかもしれない。ひとまずガーゼを切り傷にあてがい、里美の大きな頭を包帯で包んだ。

瑛子もまた傷を負っていた。シャツと防弾ベストを脱ぎ、撃たれた腹を確かめる。防弾ベストのケプラー繊維に絡み取られていたが、腹には丸い青痣《あおあざ》ができていた。

むしろ腹よりも、頭のほうがズキズキと痛んだ。撃たれた後、気がついたときには、ヴァンのなかにいた。里美が現れなかったら、おそらく死んでいた。あの連中が生かして解放するとは思えない。

瑛子は洗面台の鏡に目をやった。頭髪を指で掻きわけると、砂がパラパラと落ちた。赤くなった頭皮が見える。

里美がタオルを手渡してくれた。頭の傷を拭くと、タオルが赤く染まった。傷がしみる。

「瑛子さん」

里美に声をかけられ、自分が初めて笑っていると気づいた。鏡には大きな笑顔が映っている。

　ジムの前を、赤色灯をつけたパトカーが通り過ぎていく。派手にサイレンを鳴らしながら。瑛子の肩が揺れた。笑い声が自然と漏れ、徐々に声は大きくなっていった。笑うたびに腹がずきずきと痛んだ。でも止められない。声をあげて大笑いした。

「瑛子さん」

「心配しないで。おかしくなったんじゃないから」

　瑛子は腹の痣を指でなぞった。

　襲撃者は、瑛子と知って襲いかかってきた。最初の四人はヤクザだろう。染みついたはぐれ者の臭いは消しようがない。格好からして、隠す気もなさそうだった。

　ヤクザはめったに警官に牙《きば》を剥いたりはしない。襲ってくるのは重度の麻薬中毒者か、よほど崖っぷちに追いやられた者のどちらかだ。瑛子自身、何度か暴力団員に命を狙われたが、いずれもそれは襲撃者が重大な危機を迎えていたからだ。下手に警官に手を出せば、問答無用の報復が待っている。

　それを承知で瑛子を狙ってきた。連中の正体はわからない。ただ、これ以上の追跡を嫌がる人物がいるのは確かだ。

「もうじき会えそうね」

瑛子は鏡に向かって言った。

問題はあとの二人組だ。ヤクザだったかどうかはわからない。コンビニの制服なんてものに騙《だま》された。正体を見極める前に、弾丸を喰らった。

とくに長身の男。いかれている。ためらいもなく撃ってきた。笑顔を浮かべて。おそらく、瑛子が防弾ベストを着ていたのも知っていた。

里美に訊いた。

「あの背の高い男、やばかった？」

里美はうなずいた。瞳に強い光が宿る。

「超やばかったっす。病院に送るつもりでぶちかましたのに、がっちり受け止められました」

「そりゃすごい」

「だけど……」

里美は微笑を浮かべた。

「なんかすげえ、ムカつく野郎でした」

「そう」

瑛子は鏡を冷たく見すえた。

「このお礼はしなきゃね」

10

富永は朝一番に、組対課へと電話をかけた。

出たのは課長の石丸だ。署長室に八神をよこすように伝えると、出勤したばかりの石丸は、探るような声で尋ねてきた。

〈あの……八神がまたなにか〉

「君が知る必要はない」

富永は電話を切ると、ウェットティッシュで顔を拭い、目をさました。一睡もしないまま朝を迎えた。

能代が帰ってからも、自宅に戻る気になれず、ずっと仕事をしながら考えにふけった。

能代は将来の警視総監候補のひとりだ。そんな大物がわざわざ夜中に、なんの用があって富永に会いに来たのか。すでに署内では噂になっている。富永がトイレに行ったさい、刑事部屋の前まで近づくと、署員らがそんな会話を交わしていた。

電話をしてから二分後。署長室のドアがノックされた。入るように命じると、パンツスーツ姿の八神が現れた。

「おはようございます、署長」

富永は眉をひそめた。

昨日見かけた時点で、八神は額に小さな傷を作っていたが、また新たに傷をこしらえていた。肌が白いだけに、赤い擦過傷がひどく目立つ。

彼女の表情はいつもと変わらない。それがどうしたと言わんばかりだ。八神はデスクまで近寄ると、冷えた目で富永を見下ろした。

「おはよう。忙しいだろうから、用件を手短に言おう」

富永は立ち上がって応接椅子を勧めた。八神は立ったまま動こうとしない。

「ここで充分よ」

富永は息をつき、もとの椅子に座り直した。

彼が上野署に赴任して十か月。この間、彼女との因縁がいくつも生まれた。上司と部下の関係では収まらない。富永は元部下や元刑事を使って、彼女の動きを監視したときがあった。彼女もまた、この部屋に盗聴器を仕かけ、富永の動きを見張っていた。暗い闘いを繰り広げている。

富永は見上げた。

「その傷はどうしたんだ」

「帰宅途中に、地下鉄の階段で転んでしまって」

「前にも、そんなことがあったな」

「はい。警察官としての自覚が足りないと、反省しているところです」

富永は彼女の傷に目をやった。胸に痛みが走る。

昨年の冬、彼女は暴力団の依頼を受け、狂気の暗殺者と対決し、深刻な危機に陥っている。一時は安否不明となった。やはりそのときも胸がしくしくと痛んだ。

富永は無表情を装った。まさか八神本人に、この痛みを知られるわけにはいかない。

「高杉会か」

「…………」

「君が印旛会系の有嶋組長から、情報を入手したのはわかっている。おおかた、昨冬の覚せい剤がらみの件で、手を貸した褒美として得たのだろう」

「一体、なんのことでしょうか」

八神は耳の穴を指でほじった。

「昨夜、牛込署管内で発砲事件が起きた。拳銃を撃った犯人だけでなく、被害者《マルヒ》も現場から立ち去っている。周辺付近の目撃証言によれば、撃たれたのは二十代から三十代の、長身の女性らしい」

八神は机を指で突いた。

「手短に話すんじゃなかったの？」

「だったら君こそ、とぼけるのは止めろ」

富永は睨《にら》んだ。

「改めて訊く。かりに君の推理が正しかったとしよう。高杉会の会長や、君の夫が何者かに殺害されていたとする。少なくとも君はそう見なしている。しかし犯人を発見できたとして、ひとりでどうするつもりだ。逮捕するのか」

八神は無言のままだった。正面から見返してくる。その目に曇りはなく、瞳は揺るぎもしない。

富永は確信した。やはり銃撃されたのは八神だ。夜更けに、署で事件の知らせを耳にしたとき、彼女ではないかと直感が働いた。

銃撃が発生した場所は、高杉会のホームタウンである新宿のそばだ。撃たれた被害者は長身の女性。目撃証言によれば、被害者は撃たれる前に、複数の暴力団員らしき男を叩きのめしたという。そんな芸当ができる女など、そう多くはいない。

八神が訊いた。

「話は終わり？」

富永は机の上で手を組んで黙った。彼女はしばらく見下ろした末に、踵《きびす》を返した。

彼女の背中に声をかける。

「我々にとって、やっかいな人間だったとしてもか」

八神はドアの前で足を止めた。富永に険しい視線を投げかけてから、署長室を出て行った。

富永はため息をついた。八神のことだ、富永の言葉から、答えを割り出したはずだ。もう後には引けない。

富永は携帯電話を摑んだ。電話をかける。相手はワンコールで出た。

〈田辺《たなべ》です〉

富永のかつての部下だ。田辺寛《ひろし》。外事一課に所属する監視の専門家で、富永の数少ない味方だった。彼を使って、八神の行動を見張らせていたときもある。

富永は窓に目をやった。朝日に照らされた浅草通りが見えた。ラッシュでバスや車が列をなしている。

「始めてくれ」

〈本当にかまいませんか？〉

「八神のときよりは難しくないだろう」

田辺が噴き出した。珍しい反応だった。彼はめったに笑わない。

〈あなたのジョークを、久しぶりに耳にしました〉

「やれそうか」

〈ふだんどおりにやるだけです〉

田辺は淡々と語った。

調べる相手は大物だ。失敗に終われば、富永とともに警察社会から追放されるだろう。初めて話を持ちかけたとき、長いこと富永の手足となって動いてくれた彼も、さすがに断るだろうと考えていた。だが、彼はふたつ返事で引き受けてくれた。

承諾した理由はあえて訊かずにいる。富永と田辺は同類だ。相手が誰であろうと、腐敗の臭いを嗅ぎつければ、探らずにはいられない。富永の周りは、世渡りが下手な人間ばかりだ。

富永は改めて言った。

「能代を徹底的に洗ってくれ」

11

瑛子は署長室から組対課へと戻った。

部屋では課長の石丸を始め、組対課の面々が顔を揃えていた。

坊主頭の石丸が、不安げな顔で尋ねてくる。

「署長になにか言われたか」

瑛子は肩をすくめた。

「いえ。とくになにも。気を引き締めてやれと、いつものお叱りを受けただけで」

井沢が顔を近づけてくる。

「別れの挨拶とか、ありましたか」

「どういうこと？」

「だって、やっこさん、異動になるって噂じゃないですか。ひと足先になにかイヤミでも言ったのかと思って」

「正式に辞令が出たわけでもないのに、そんなことするはずないでしょう」

瑛子は自分のデスクに腰かけた。パソコンを起ち上げ、溜まっていた書類を睨みながら言った。

「能代刑事部長に励まされたのか、なんだかとてもやる気に満ちあふれてた。お別れどころか、もう一年ぐらいこの署にいるんじゃないかしら」

石丸と井沢は、お菓子を取り上げられた子供みたいに、情けない表情を見せた。署長と組対課は犬猿の仲だ。

刑事部長の能代が上野署に現れたという話は、すでに署内を駆けめぐっている。石丸が訊いた。

「瑛子ちゃん、お前さんの引き抜きの話じゃないのか」

「私の？」

「おれはてっきり、瑛子ちゃんを本庁へ呼ぶために、能代部長がここを訪れたんだと思ったよ」

「たかだか所轄の係長ひとりを招くのに、どうしてそんなことを。刑事部長って仕事は、そんな暇じゃないはずです」

石丸は顎をなでた。

「わっからねえぞ。能代部長って人は、とにかく変化球を好む人らしいからな」

井沢がうめいた。

「そんな……姐さんがいなくなったら、おれたちはどうしたらいいんすか」

瑛子は指で机を叩いた。

「課長、勝手な噂を流されちゃ困ります。たしかに課長にとっては、口うるさい借金取りがいなくなったほうが、いいのかもしれませんが」

組対課の多くは、石丸を始めとして、酒やギャンブルを愛する荒くれ者揃いだ。そして瑛子から金を借りている。なかでも石丸は、組対課のなかで、もっとも借金額が大きい。長年の競艇ファンで、いつも金欠だった。〝金融屋〟の瑛子には頭が上がらない。

石丸は首を振った。

「バカ言わねえでくれ。本庁に行ったぐらいで、取り立ての手を緩める瑛子ちゃんじゃないだろう。それにお前さんがいてくれるおかげで、この課は成り立ってるんだ」

「どうだか」

瑛子は笑みを浮かべた。

井沢と花園を外に行かせた。不忍通り近くの繁華街で、昏睡強盗が起きている。睡眠薬入りの酒を飲まされたサラリーマンが、身ぐるみ剝がされ、コインパーキングに放置されていたという。部下ふたりに足を使わせ、瑛子は書類作成にあたった。

新調したばかりのスーツで身を固めていたが、肉体のほうはボロボロだった。昨夜のダメージが残り、署に出勤するだけでも苦労した。撃たれた腹など、身体のあちこちは包帯とガーゼで覆われている。打撲や擦過傷の痛みをごまかすために、鎮痛剤を多めに含んでいた。

書類作業をこなしながら考えた。昨日の襲撃者や、署長室の富永を。彼は有力な情報をよこした。瑛子を忌み嫌う彼がなぜ。富永はこの春で異動となる――そんな噂が流れてはいる。

富永は知りたがってもいた。瑛子が追っているものの正体について。夫の雅也や高杉会の情報も独自に入手している。

瑛子にとっては邪魔な存在ではあったが、今は同じ目的をある程度共有している。真相に近づけるのなら、敵であろうとなんだろうと、利用しない手はない。

問題は刑事部長の能代だ。彼の目的がわからない。昨夜、瑛子が新宿で情報収集に努めていたころ、能代は上野署を訪れている。能代と富永が、どんなやりとりをしたのかは不明だ。

能代英康《ひでやす》は、日本各地の刑事畑を歩み続け、警視庁では長いこと捜査二課の課長を務めた。警視庁きっての知恵者として知られているが、エリート臭を隠さない富永とは対照的に、垢抜けない田舎者を演じている。

瑛子が接したのは一度だけだ。能代は昨年の秋に起きた連続殺人事件で、合同捜査本部の本部長についている。瑛子も捜査に加わっていた。

能代は食虫植物に似ている。あけすけに隙を見せては、気を許した相手をカタに嵌める。のんびりとした口調とは裏腹に、メガネの奥には獰猛《どうもう》な光が見え隠れしていた。

――我々にとって、やっかいな人間だったとしてもか。

ふいに富永の声が蘇《よみがえ》った。

彼は朝一番に言った。能代になにかを吹きこまれたのか。揺さぶりをかけているのか。東京を離れる前に、最後の手段に打って出たというのか。額面どおりに受け止めるわけにはいかない。

富永が言う〃やっかいな人間〃。考えるまでもなく、警察官を指すのだろう。能代のような殿上人を表すのに違いなかった。コンビニの制服を着た二人組。顔はよく見えなかったが、暴力団員とは違った臭いがした。あのふたりはもしかすると……。

高杉会の芦尾や元バンカーの島本。ふたりの死に警察官がなんらかの形で関わっていたというのか。高杉会の芦尾は秘策を持っていたという。それは警察上層部をも揺るがすものだったのか。雅也はそれを知ったがゆえに――。

瑛子は唇を嚙んだ。我に返って書類を見直すと、日付が間違っていた。漢字変換のミスも多い。キーを叩きつつ、頭を軽く振る。富永の言葉に引きずられている。それだけ衝撃は大きかった。

瑛子の携帯電話が震えた。部屋を出る。廊下に人気《ひとけ》がないのを確かめてから通話ボタンを押す。

〈おはよう、刑事さん。傷の具合はどう?〉

電話は英麗からだった。

彼女とは、襲撃される直前に電話でやり取りしている。まだ時間はそれほど経っていない。

瑛子が何者かに襲われたのを、早くも知っている様子だった。

「心配させたみたいね」

〈べつに心配はしてない。毎度のことだし。お医者様を呼んであげましょうか？〉

「けっこうよ。あちこち痛むけど、あの先生の説教が一番こたえるから」

瑛子は苦笑した。英麗は腕のいい闇医者を知っている。瑛子自身も短い間に二度も世話になった。未だに名前もわからないが、治療中にずっと小言を並べ続ける気難しい男だった。

〈そんだけの口が叩けるのなら心配なさそうね。ちなみに顔は？〉

「額に切り傷ができた」

英麗はため息をついた。

〈……心臓ぶち抜かれてもかまわないから、顔だけはきちんと守りなさいよ。相手は？〉

「わからない」

〈だったら最低でも、拳銃を二丁はぶら下げなきゃ。相手はあなたをよく知っていて、あなたは知らない。それはひじょうによろしくないわ。狙われる者より、狙う者のほうが圧倒的に有利なんだから。ちょうど東欧製のいい拳銃が手に入ったの。女性向けのやつも揃ってる。ホルスターに弾薬をつけて、特別価格で進呈するから〉

「一丁で充分よ。残りは今度の銃器取締強化月間に融通してもらうとして……銃を売りつけるために、連絡をくれたんじゃないでしょう」

〈心配しがいのない女ね。本題に入るけれど、例の情婦の件、まあまあな情報《ネタ》が入ってきてる〉

「まあまあ？」

英麗の口調が重くなった。

〈そもそも情婦の王慧琳さんなんだけど……いとこが松戸で中華料理店をやってるらしいわ。王さんはそのいとこを頼って来日。新宿のクラブで働いていたころに、高杉会幹部の設楽と出会ったってわけ。情夫《オトコ》が海外にトンズラしている間は、稼ぎ場をあちこち変えて働いていたようね。錦糸町とか松戸とか。だいぶ顔をいじってるのかもしれないけれど、美人ホステスとして人気があるみたい〉

地名を耳にして、ピンと来るものがあった。瑛子は携帯電話を握り直す。

「郭在輝《グオザイフウイ》ね」

〈ご名答。あのケダモノの店で働いてて、今じゃ銀座でナンバー1よ。ご本人に会いたいところだけど、芸能人並みにガードが厳しくて、連絡が取れないの。私が直接連絡したら、引き抜きだなんだと誤解を生みかねない〉

「どうりで歯切れが悪いと思った」

郭在輝は、英麗と同じく、東京の中国人社会を牛耳る老板《ボス》のひとりだ。

かつては蛇頭の幹部で、多くの中国人を密入国させて荒稼ぎした。やがて中国料理店のフランチャイズを展開。カラオケボックスやエステなど、多角的経営を手がける実業家としての顔を持つ一方、中国人クラブや派遣型風俗など、夜の商売にも精を出している。

とくに性風俗産業に目がない男で、金を持った中国人相手に、高級コールガールをあてがうなど、非合法なビジネスも好んで行っていた。英麗とは違ったタイプの大立て者だ。瑛子とも面識があり、過去には彼から有力な情報を得ている。

瑛子は言った。

「郭さんに話を通したほうがよさそうね」

〈もう通してる〉

「あら」

〈今から耳鼻科にでも行こうと思ってる。久々にあいつの下卑《げび》た声を聞いたせいで、耳が腐り落ちそうよ〉

英麗はうんざりした様子で答えた。彼女もまた、蛇頭幹部の情婦となったのをきっかけに、密入国ビジネスで頭角を現した。経歴こそ似ているものの、ふたりの仲は友好とは言いかねる。

「郭さんはなんと言ってるの？」

〈今晩つきあえって〉

「そう。手間取らせたわね。ありがとう。私のほうからも郭さんに連絡してみる」

英麗が舌打ちした。

〈話を最後まで聞きなさい。私もなのよ。一緒につきあえって。でなきゃ会わせられないって。相変わらず調子ぶっこいてた〉

「どうするの？」

〈あいつのアホ面を眺めるほど、こっちは暇じゃないけど、吐き気をこらえて我慢してあげる。今回ばかりは、マジで高くつくと思ったほうがいい〉

彼女の声が低くなった。湧き上がる怒りを、必死に押しとどめているようだった。

「覚悟しておく」

※

「いやあ、たまらん。このために生きてるって感じだ」

全裸の郭が腰を振り、中国語でわめいていた。肉を打つ音が室内に響く。

瑛子と英麗は酒を飲みながら、キングサイズのベッドで、性交に励む郭を眺めていた。

彼女たちが手にしているグラスには、高級スコッチが注《そそ》がれてある。英麗は口を歪め、まずそうにすすっていた。こめかみには血管が浮き上がっている。

郭が笑った。

「凄腕のおまわりさんと、鬼よりこわい老板《ラオバン》に見てもらうなんてのは、一生に一度しかないこった。こりゃいつもより張り切らねえとな。ああ、たまんねえ」

郭は、後背位の姿勢で蠢《うごめ》いていた。ナルシスティックに両手を頭の後ろに組んで、怒張した男根を突き入れている。やつはつねに躁状態でいる変態だ。自分のセックスを見てもらうことに快感を覚える。

英麗が、知略を駆使して今日の立場を築いたとするなら、郭は即物的な欲望と狂騒的なバイタリティでのし上がった大物だ。数か月ぶりに見る彼は、前頭部がさらに後退していたが、相変わらず精力的な毎日を過ごしているようだった。広さを増した額は、ワックスで磨いたかのように、テカテカと光り輝いている。クマに似た体毛と太い眉が、暑苦しさを振り撒いていた。以前にも彼の裸体は目撃していたが、日焼けサロンに通っているらしく、肌がチョコレート色に変わっていた。

性交の相手は、以前とは違っている。グレープフルーツ並みの、大きな胸の持ち主という点では共通していた。目鼻立ちがくっきりとした美人だが、胸が不自然に大きいところを見ると、顔を含めて身体を派手にいじっているようだった。

郭はふたりを指さした。

「なんだ。おれのスーパーセックスの凄さに、声もでないようだな」

「……やっぱり帰っていい？」

英麗が呟く。その声は震えている。ここまで彼女を露骨に怒らせる人物はそういない。

瑛子はスコッチを含んだ。

「大丈夫。すぐ終わるから。私らが相手するわけじゃないし」

「どっちにしろ、むかつくものよ」

郭がむきになって反論してくる。

「終わんねえよ。前はベロベロに酔っぱらってただけだ。それより、黙って股濡らしてないで、おれのセックスについて、なんか言うことはねえのか」

英麗は答えた。

「獣姦みたいよ」

「言ってくれるな。お前らふたり、日ごろからきれいな花だ蝶だと、ちやほやされてんだろうがよ、おれの目からしたら危ねえ犬と、性悪な狐《きつね》にしか見えねえんだよ。お前らとハメたらそれこそ獣姦になっちまう」

郭は女の大きな胸を揉み、日本語に変えて言った。

「それにな、おれの好みは、たわわに実ったこういうボインちゃんなんだよ」

英麗は笑みをたたえると、テーブルに置いてあった酒瓶をつかんだ。

「殺《シャーニー》す」

憤怒の表情に切り替わり、ベッドの郭に挑みかかろうとする。瑛子が組みついて止めた。

「情報《ネタ》が欲しけりゃ、黙って見てろ」

郭は満足そうに見下ろすと、嬌声をあげる女と一緒に、獣じみた咆哮《ほうこう》を上げた。

瑛子らがいるのは業平橋《なりひらばし》の高級マンション。郭自慢のセカンドハウスだ。すぐ目の前には、東京スカイツリーがそびえ立っている。ベッドが置いてある寝室からも、ブルーに輝く巨大タワーが見える。

隣室のリビングには豪華なバーカウンター。ビリヤード台とダーツマシンも用意されている。くつろぎと遊びのため、贅を尽くした造りとなっているが、今は郭と英麗の部下らがそれぞれ待機しており、剣呑な空気を振り撒いている。

危うく英麗と衝突しかけてから、郭は五分もしないうちに果てた。巨乳の女を押しのけ、大の字にひっくり返った。激闘を終えたレスラーみたいに、胸を大きく上下させる。

瑛子は、壁際に置いてあった空気清浄器のボタンを押し、設定を強めに変える。

「早撃ちガンマンさん、そろそろいいかしら」

「めんどくせえ……明日にしてくれ」

今度は瑛子が酒瓶を握った。すかさず郭は隣室を指さす。

「あっちだ。もう呼んである」

瑛子らは寝室からリビングに移動した。英麗がドアを叩きつけて閉める。ボスの怒りを察知したスーツ姿の部下らが、一斉に色めきだったが、ふたりはそれを無視して別室のドアを開けた。

リビングほどではないが、それなりに大きな部屋だった。ランニングマシンやロデオマシン、トレーニング機器が並んでいる。棚には複数のバーベルが置いてあった。

隅には青いベンチがあり、赤いナイトドレスを着た女が腰かけていた。シャンパン色に染めた長い髪を派手に盛っている。出勤前の夜の蝶といった風情だ。郭の店に雇われているだけあって、胸の大きな肉感的な女だった。

銀座の売れっ子だけあって、華やかな気配をかもしだしている。夜の繁華街でこそ光るのだろう。トレーニングルームの雰囲気とはそぐわず、居心地悪そうだった。

瑛子は中国語で尋ねた。

「王慧琳《ジウシー　ワンフウイリン》さんね」

「誰……」

慧琳は怪訝な表情を見せたが、英麗の顔を見て色を失った。英麗は眉をあげる。

「私を知ってるの？」

慧琳はベンチから立ち上がった。

「も、もちろんです。老板。ここで暮らしている女で、あなたを知らない者なんて――」

「だったら、話が早いわ。はじめましてと言いたいけど、今の私はすこぶる機嫌が悪いの。この意味わかる？」

「あ、あの……私はどうしたら」

瑛子が言った。

「質問に答えてくれればいいだけ。正直にね」

慧琳は身体を震わせた。瑛子は続ける。

「単刀直入に訊くわ。設楽武志さんに用があるの。居場所を教えてくれる？」

「どうしてそれを――」

瑛子は語気を強めた。

「教えてくれる？」

「それが……わからないんです」

「いい度胸してるじゃない」

　英麗が冷やかに睨んだ。慧琳が必死に首を振る。

「本当なんです。本当に知らない。もう何年も前に別れてるのに」

　瑛子が問いつめた。

「別れたっていうけど、あなたと設楽が一緒にいるのを見たって情報が入ってる」

「池袋でしょう」

　瑛子はトレーニングマシンに腰かけた。

「……以前にも誰かに尋ねられたみたいね」

　慧琳がうなずいた。

「なぜそんな噂が流れたのか……私にはわかりません。ずっと会ってなんかいないのに」

「最後に会ったのは？」

「三年以上も前です。設楽さんが海外に行ってからは、もうそれっきりで」

　慧琳はベンチに座り直した。

「今さら会う気もないです。雲隠れしたヤクザなんかを、いつまでも待てるはずがありません。あれから店をいくつも移ったし、パトロンだって変えてる。正直にいえば、設楽さんは過去の人でしかないんです。それなのに」

「身の回りがやけに騒がしくなった」

「……二週間前です。ちょうど勤務中でした。休憩を取っているとき、近くのコンビニに寄ったところで、日本人の男たちにさらわれそうになりました。路地裏に連れていかれて、設楽さんの行方について訊かれました。刃物をチラつかせて、答えなければ顔を切り刻むと脅されて。いくら知らないと言っても、池袋で一緒にいるところを見たやつがいるんだと、しつこく問いつめられて」

慧琳の証言によれば、業を煮やした男たちは、彼女を車で連れ去ろうとしたという。彼女の戻りが遅いのを心配した店のスタッフに見つけてもらい、あやうく難を逃れた。以来、郭に頼んで護衛をつけてもらっている。

瑛子はホストの篠崎を思い出した。彼の胸についた無数の傷痕が脳裏をよぎる。海外から戻った設楽を、必死で追いかけている連中がいるらしい。

慧琳は言った。

「設楽さんが日本に戻ってきたのは、それ以前から知ってはいました」

「誰かに教えてもらったの？」

「剣持《けんもち》さんです。男たちに襲われる数日前、客としてやって来て」

「剣持」

瑛子は呟きながら、頭のなかにある高杉会のファイルを漁《あさ》った。

「剣持歳三《としぞう》のことね」

「あなたは……」

「私のことはどうでもいい。つまり設楽の兄貴分がやって来たのね」

「はい。設楽さんが私に会いたがっていると」

剣持歳三は高杉会の古参組員だ。三年前まで、芦尾会長の運転手兼護衛を務めていた。武闘派で知られる芦尾のボディガードをしていただけあって、高杉会のなかでも、とくに犯罪歴が賑やかな闘犬だった。もう六十にはなるだろう。新宿の暴れん坊として名を轟《とどろ》かせ、九〇年代に起きた中国人マフィアとの抗争では、いくつもの青龍刀でなます切りにされても、ドスと日本刀で敵を追い払ったという。

輝かしい武勇伝の持ち主だが、剣持歳三という勇ましい名前のほうは偽名だった。本名は佐藤光夫《さとうみつお》という。剣持も設楽と同じく、芦尾の死後に高杉会を抜けている。

瑛子は訊いた。

「つまり、剣持は弟分のメッセンジャーボーイとなって、あなたの店にやって来たのね。それで？」

「お断りしました。今さらそんなことを言われても……私を置き去りにして海外へ逃げて。

それから何年も経っているというのに。それにコワモテの剣持さんをよこしたのも、脅迫されているようで気に入りませんでした」

「設楽さんは、どうして自分で来ようとしなかったのかしら」

「剣持さんが言うには、彼は表立って動けないんだって。ただでさえ会う気がしないのに、危険な臭いまでして。その後に襲われたことを考えると、やっぱり断ってよかったと思ってます」

剣持が現れたと同時に、店のスタッフは郭に報告。郭は暴力に長けた精鋭部隊を一ダース送りこんだ。数年ぶりに見る剣持は、現役当時と変わらなかったという。頭をスキンヘッドに剃り上げ、額と口には刀傷があった。郭の人海戦術が功を奏したらしく、剣持はゴネることなく帰っている。

英麗がほくそ笑んだ。

「あら、そんなおもしろいことがあったなんて。その剣持とかいうナイスガイに手榴弾でも持たせてあげればよかった」

瑛子は立ち上がった。慧琳へと近づく。

「英麗姐さんもいることだし、あなたの証言を信じるわ。最後の質問だけど、三年前に設楽さんがなにをしていたのか知ってる？　どうして海外に逃げる羽目になったのかを」

瑛子は慧琳の肩に手を置いた。彼女の喉が動く。

「あの人は、仕事のことなんて話したがりませんでした。だけど、ひとつだけ覚えてます」

「なに」

「これでサクラのやつらを追いこめるって」

12

署の道場は騒々しかった。

無数の竹刀がぶつかり合い、悲鳴に似たかけ声が室内の空気を切り裂いた。板張りの床を踏みしめる音がどてっ腹にまで響いた。濃紺の胴着と防具を身に着けた警官たちが、激しい乱取り稽古に励んでいる。男たちの汗と熱気が充満していた。

一宮はひとり背広姿で道場をうろついていた。明らかに浮いているが、気にしている場合ではない。壁伝いに進みつつ、剣士たちの大垂《おおだれ》に書かれた名前をチェックし、五條の姿を探した。

一宮は身体をひねった。鍔《つば》迫《ぜ》り合いをしていた剣士ふたりが、もみ合いながら壁にぶつかった。板張りの壁がビリビリと揺れる。剣士らは重なるようにして床に倒れたが、すぐに立ち上がって稽古を再開させた。再び竹刀を押しつけ合う。

「よくやるぜ」

今度は別の剣士が砲弾みたいに飛んでくる。一宮はかわした。また壁板が派手に鳴った。

一宮が所属する署には、血気盛んな猛者が多く集まる。道場での稽古は、どこよりも激しい。トレーニングというより、合法的に喧嘩がやれる時間と見なしている者もいるほどだ。五條もそのひとりだった。

大勢が稽古に励んでいるが、五條を見つけるのは、それほど難しくはない。劣勢のやつを除外して探せばいい。交通事故の現場みたいな場所で、五條はたいてい戦車のごとく、どっしりと佇《たたず》んでいる。

すさまじい打撃音が響き渡った。落雷みたいな音の方向に目をやると、ひとりの剣士が床に崩れ落ちていた。面を強打されたらしい。倒れた剣士の前には、上段に構えた五條がいた。

一宮は目で挨拶をした。五條は相手の剣士の肩に触れ、気遣うフリを見せると、一宮のもとへとやって来た。彼は紐を解《ほど》いて、面を外した。汗を含んだ熱気が、一宮の顔にまで届く。

ふたりは道場を出た。稽古は特訓員の指導のもとで行われている。勝手に抜け出していいはずはないが、五條は過去にその特訓員をも脳震盪に追いこんでいる。おかげでなにも言われずに済む立場にあった。この署では、なにかと腕力がものをいう。

五條は手拭いで汗をふいた。

「わかったか」

「いえ……それが」

五條は籠手《こて》を外すと、それを一宮の鼻先に近づけた。

強烈な獣臭がした。顔をそむけたかったが、我慢するしかない。下手に逃れようとすれば、こんな子供じみた悪戯《いたずら》では済まなくなる。

「なんか不思議だな。そう思わないか？」

「はい」

「高杉会はどうしてる」

一宮は吐き気をこらえて報告した。

「中馬《ちゅうま》の話じゃ、組員総出で調べさせてるそうです。昔の仲間を捜し出すのに、なんだってこんなに手間取るのか」

「たるんでるよな」

五條は頭をガリガリと掻いた。汗が飛び散った。一宮の耳に顔を近づける。

「ひとりくらい、殺《や》っちまうか」

「は？」

「高杉会だよ。所沢に自動車解体所があっただろう。チンピラをひとりかふたり、生きたままプレス機でペシャンとやる。それぐらいやりゃ引き締まるだろう。どうだ」

「いや、それは……」

五條が見下ろした。爬虫類に似た冷たい目つきだ。一宮は視線をそらした。五條が笑う。

「真に受けるやつがあるか。顔色が悪いぞ」

一宮は迎合の笑みを浮かべた。五條が言うと、冗談にはならなくなる。

「とはいえ」

「はい」

「死ぬ気でやってもらわねえと困るんだよな。ちんたらしてると、おれたちもこれだ」

五條は人差し指で一宮の首をなでた。

「わかるよな」

「わかっています」

一宮は唾を呑んだ。状況はよく理解しているつもりだった。ここへ来て、歯車がいろいろと狂い始めている。

海外に逃げていた設楽武志が、こっそり日本に戻ってきた。それがすべての始まりだった。親分の芦尾がくたばってから三年。南の島でくたばったという噂まで流れていたが、やつはのこのこと故国に舞い戻ってきた。

　東南アジアで金を使い果たしたのか、設楽は大胆にも上に強請《ゆす》りをかけた。三年前の秘密を暴露されたくなければ、金を寄こせという。公衆電話やネットカフェを使い、上に直接迫っている。上は、何度か交渉の場を設けようとしたが、今のところ設楽は応じていない。相手の慌てぶりを嘲笑っているようだった。

　設楽は秘密を知る最後の人間だ。むろんくれてやる金などない。きっちり始末をつける必要があった。上もそれを熱望している。

　任務はすぐ完了するものと思われた。芦尾のいない高杉会は、五條たちに乗っ取られたも同然だ。現会長の中馬は完全に怖れをなしている。やつらから搾り取ることで、一宮の両親は熱海の高級老人ホームで何不自由なく過ごし、子供も一流の私立小学校に通えている。

　五條たちの支配下にある高杉会には、設楽を知るヤクザたちがまだゴロゴロいる。くわえて目撃情報も複数あった。設楽の捕獲は時間の問題と思われたが、ことごとく空振りに終わっている。建設会社の作業員宿舎や下町のドヤ街まで、捜査の網を広げているところだった。

　五條は窓を開けた。高層ビル群に目をやっている。

「八神瑛子は？」

「王慧琳と接触しました。あの女、劉英麗だけでなく、郭在輝ともコネがあったようで」

「似た者夫婦ってわけだ」

五條は嬉しそうに手を叩いた。

「旦那のほうも、やけに鼻がよかった。この調子でいけば、設楽の住処《ヤサ》まで見つけてくれるかもしれん。おれの言うとおりになっただろう」

設楽に続いて、大きな誤算だったのが、八神瑛子の存在だ。やつは夫の死を他殺と見抜くと、おそるべき執念と行動力で、三年前の核心に近づきつつある。

五條はかねてより、八神を危険視していた。早めの排除を進言していたが、同じ警察官とあって、手出しは上から厳しく禁じられていた。その間に、あの女は危険な綱渡りを次々に行い、またたく間に勢力を拡大させた。多くの警官を手なずけ、印旛会の大幹部や中国人マフィアとも関係を築いた。

上が、遅まきながら八神の危険性に気づき、五條らは始末に動いた。半ば成功しかけたが、変な牛女に邪魔されている。

五條たちは作戦を変えた。八神を泳がせ、設楽を発見させる。結果を出したときが、彼女の最期でもある。

胸ポケットの携帯電話が震えた。一宮は液晶画面に目を落とした。高杉会の中馬からだ。

「おれだ」

〈至急、耳に入れたいことがある。五條さんはいるか〉

ヤクザらしい荒っぽい声が聞こえた。携帯電話を五條に渡す。

「どうした」

五條は携帯電話を耳にあてた。

会話自体は極端に短かった。五條は相槌を何度か打つと、通話を終えて、一宮に携帯電話を返した。中馬は口数の多い男だが、五條とは必要以上に会話をしたがらない。関係を考えれば、当然だろうが。

「珍しく上等な情報《ネタ》をよこしてきた」

五條は手拭いを頭につけた。再び稽古に戻るつもりらしい。竹刀など振っている場合ではないのだが。

「なんですか」

「害虫駆除」

五條は面をかぶり直した。面紐を結ぶと、竹刀を振る。

「八神の虫がうろちょろしてるんだと」

「え？」

五條は鼻で笑うだけだった。剣士たちがひしめく道場へと姿を消した。

13

瑛子はスカイラインから降りた。

つけていたサングラスを外し、胸ポケットにしまった。雲ひとつない快晴だが、冷たい風が頬をなでた。気温は低い。

車のトランクを開け、ダウンジャケットを引っ張り出し、袖を通す。

真冬の平日とあって、駐車場はガランとしていた。隅にはブルーのジャガーが停まっている。閑散とした風景のなかで、ぴかぴかに磨かれた高級車は異質な存在感を放っている。

舗装された坂道を進んだ。彼女がやって来たのは、八王子のはずれにある墓地だ。山の中腹は多くの墓石で埋め尽くされていた。振り向くと、多摩の町並みが一望できる。瑛子は三か月前にも訪れている。目的地の墓まで歩んだ。

たいていの墓石は、土埃で茶色く汚れていた。供えられた花は枯れ、敷地は枯葉やゴミが散乱している。

その一画だけはやはり清潔だった。敷地はきれいに掃かれている。花立には、色とりどりの花が飾られてある。

コート姿の甲斐道明《かいみちあき》が、墓石の前でしゃがんでいた。ロウソクの火で線香をつけている。墓で眠っているのは、千波組の有嶋組長の妻と娘だ。甲斐は平日の昼間は、よくここに来ていた。

瑛子が近づくと、甲斐はロウソクを黙って差し出した。火の周りを手で覆い、風から守っている。

瑛子は小さくうなずいた。バッグから線香の束を取り出し、ロウソクの火に近づけた。煙が昇る線香を香炉に入れ、静かに手を合わせる。

甲斐が口を開いた。

「新宿のほうが、騒がしいな」

「そのようね」

甲斐はポケットからタバコの箱を取り出した。女性向けのメンソールだ。細長いタバコをくわえ、ロウソクで火をつけると、それを香炉の横にそなえた。亡くなった有嶋の娘が、生前好んでいた銘柄だという。

甲斐は立ち上がった。コートについた土埃を払う。

「生臭い話になりそうだな。行こう」

ふたりは元来た道を戻った。

ないようだ。

微笑んで頭を下げた。顔なじみらしい。中年女性は、彼が暴力団の大幹部だとは気づいてい
途中で水桶を抱えた中年女性とすれ違った。甲斐は丁寧に会釈をした。中年女性のほうも、

「墓守はおれだけで間に合う」

「運転手がいないのね」


甲斐は口をわずかに曲げた。

「うまく化けてやがるとでも思ってるだろう」

「まあね」

「近いうちにジャガーも売り払うつもりだ。買わないか」

「遠慮しておく。今度はなにに乗るの？」

「決まってるだろう。エコカーだ」

「英断ね」

甲斐は、メタルフレームのメガネをいじった。身に着けているのは高そうなカシミアのコート。派手ではない。

甲斐は、以前からヤクザの臭いを消していた。千波組の若頭補佐に昇格してからは、さらに危険な気配を消し、品のいい実業家を演じている。あくまで演じているだけだが。上野を

中心に、風俗業や飲食業を手がけ、不景気が続く極道業界のなかで大金を稼いでいる。

駐車場まで下りたところで尋ねた。

「剣持さんのことを知りたいの」

甲斐は、コートのポケットからビニール袋を取り出した。袋のなかには、さまざまなドライフルーツが入っている。アンズを口に放った。

「そんなことなら、電話でかまわなかった」

「きちんと会って尋ねたかった」

甲斐は意外そうに眉をひそめ、ビニール袋を差し出した。瑛子は赤く乾いた物体をつまんだ。トマトとは思えない濃厚な甘さが口に広がる。

甲斐は口をもぐもぐ動かした。

「新宿《ジュク》の弁慶さんか」

「なにそれ」

「剣持歳三を知りたいんだろう。おれたちの業界は、なにかとイカした二つ名をつけたがる。つるっぱげ頭で身体がでかく、ケンカがやたらと強かったから弁慶と呼んでいた。もっとも、本人は〝歳三〟と名乗ってたぐらいだから、新撰組とか、あのあたりの歴史が好きだったのかもしれん。その弁慶さんがどうかしたか」

「話題の人物と組んでるかもしれない」

甲斐の目が油断なく光った。

彼は瑛子の重要な情報提供者だ。だからといって、やすやすと情報をくれるわけではない。瑛子のほうからも、なにかを差し出す必要がある。

話題の人物とは、設楽武志のことだ。高杉会は、元幹部の設楽の行方を追っていた。王慧琳に訊きこみを行ったさい、郭が教えてくれた。郭にしても、慧琳が襲われた事件を見過ごすわけにはいかず、拉致グループを調べるうちに、高杉会にたどりついたのだという。

それを知った瑛子は確信を抱くに到った。路上で最初に襲いかかってきた男たちは、高杉会の連中なのだと。

甲斐はジャガーのボディに寄りかかった。

「設楽武志か。やっこさん、一か月ほど前に、日本へ舞い戻ってきたらしいな。いろいろと事情があるようで、高杉会ではあいつに懸賞金をかけているよ。弁慶さんのことを知らせりゃ、高杉会に感謝されるだろうな」

瑛子は腕を組んだ。甲斐が続ける。

「安心してくれ。うちとしては、今の高杉会に協力する気はさらさらないんだ。同じ印旛会のグループとはいってもな」

「なぜ？」

「組長《オヤジ》が気に入ってないからだ。芦尾会長がいた時代と違って、今の高杉会には牙ってもんがない。警察《サツ》に首輪をつけられた犬だと嫌ってる。極道として生きるには、多かれ少なかれ、あんたらとうまくやる必要がある。けどな、飼われちまったら、おしまいなのさ。今の連中は警視庁の下部組織みたいなもんだ。言われるがままに、拳銃《チャカ》や覚せい剤《シャブ》を差し出しては、税金泥棒たちをつけあがらせてる。ときには女や金も上納する。そんな連中に貸す力はない」

「有嶋組長が、私に〝ブレーン〟について教えてくれたのも、そういうわけだったのね」

甲斐はにやりと笑った。

「カルテルの次は、高杉会にあんたをぶつける。そういう目論みもたしかにある。むかついたか？」

「とんでもない。感謝してる。私たちの関係というのは、本来そういうものでしょう。それで剣持さんは今どこに」

「船橋あたりで、ペットのブリーダーだの、ブローカーだのをやってる。犬からワニまで、なんでもな。そういうビジネスだ」

「完全にカタギになったんじゃないのね」

ヤクザにとって、動物は貴重なメシの種だ。トラやチンパンジー、希少価値の高い爬虫類など。ワシントン条約に引っかかる生き物を密輸入し、偽造の繁殖証明をつけて、ペットショップやマニアに売り飛ばす。

「もともと、まっとうに商売をやれるようなタイプじゃない。カタギになってから、デリヘルやピンサロをオープンさせたが、どれもすぐに潰してる。親分の芦尾と同じ哲学で生きてるもんだからな。経営者が店の女に手をつけちまう」

「もういい歳でしょうに」

「いくら年を食っても、助平《スケベ》なやつは死ぬまで助平さ。それに人間は顔じゃない。これは余談になるが、弁慶さんのツラといえば、たしかにナマハゲみたいにすさまじいもんだったが、あれでけっこうモテたのさ。愛人の数を親分と競っていたくらいだ。ふたりとも、産ませたガキの数はハンパじゃない」

甲斐は意味ありげな視線を向けてきた。瑛子は肩をすくめる。

「なるほど。それで今はブリーダー。よっぽど繁殖ってものがお好きなのね」

甲斐は軽く笑って、スマートフォンを取り出した。住所録のデータを調べ、剣持のオフィスの住所を教えてくれた。船橋市の海側にある埋め立て地だ。

「ありがとう」

瑛子は振り返った。

「待てよ」

「なに」

甲斐は、コートのポケットに両手を突っこんだ。空を見上げて、ぼんやりと呟く。

「こいつは独り言だ。そう思って聞いてくれ」

「………」

「むかしむかし、サクラの代紋をつけたある悪党が、表に出せねえカネをしこしこ増やそうと欲をかいた。悪党はカネを増やすように、つきあいのある新宿の極道に依頼した。悪党のために極道は、ここぞとばかりにへりくだって、ある投資ファンドを紹介してやったんだ」

瑛子はあたりを見回した。駐車場にいるのは彼女たちだけだ。それでも周囲を確かめずにはいられなかった。

「心配いらない。組長《オヤジ》公認の呟きってやつだ。あの人はたしかに食えない狸だが、相手が刑事《デカ》だとしても、義理ってもんをそれなりに重んじる」

「不思議な独り言ね」

瑛子は甲斐を見つめた。彼はとぼけた表情で、口をもぐもぐ動かしている。

「新宿の極道が依頼を受けたのは、サクラの悪党を嵌めるためだ。さんざん浄化だの排除だの叩く一方で、カネを増やしてくれと厚かましく持ちかけてきたんだ。ここらできつい一発をかます気でいたんだが、最後の最後で逆に嵌められちまった」

瑛子は思い出した。瑛子を撃った長身の男。顔形はわからなくとも、妖気のようなものを全身から漂わせていた。

瑛子は呟いた。

「興味深い話だった」

「同じ轍《てつ》を踏むな」

瑛子はスカイラインに戻った。エンジンを轟かせる。ハンドルを握り、彼との会話を反芻する。甲斐は重要なヒントをいくつも提供してくれた。

夕日がやけにまぶしい。胸ポケットのサングラスをかけると、アクセルを強く踏みしめた。

14

富永はホテルの窓から外を見た。

目の前には、紫色に光る東京スカイツリーがあった。窓の下には、庶民的な居酒屋が立ち並んでいる。外国人観光客や地元客が、酒や煮込みを楽しんでいるはずだ。

彼がいるのは、浅草のビジネスホテルだ。朝のジョギングで、幾度となくホテルの前を通り過ぎているが、利用するのは初めてだった。浅草寺のすぐそばだ。

今夜の富永は、日が落ちると早めに署を出て、タクシーを使った。隅田川を渡り、わざわざ遠回りした。尾行がないのを確かめてから、ホテルにチェックインした。

ホテルでは、自宅にいるときと変わらぬ時間を過ごした。シャワーを浴びて汗を流すと、自販機で買ったペットボトルの茶を飲んだ。持ち帰った書類の束に目を通し、ノートパソコンで事務作業をこなした。ときおり窓側に寄ってストレッチをする。

スカイツリーの照明が消え、ふいに空が暗さを増した。腕時計が午後十一時を指している。

部屋のドアがノックされた。富永は窓のカーテンを閉め、出入口へと寄った。ドアスコープを覗く。

扉の向こう側には、厚手のネルシャツを着た男がじっと立っていた。富永はドアガードを外して扉を開ける。

ネルシャツの男は、ドアの隙間からすばやく身を滑らせた。無言のままドアを閉め、内鍵とドアガードでロックする。

田辺の格好は普段の姿を完全に消していた。ケミカルウォッシュのジーンズと紺色のリュックサック。茶色い頭髪をボサボサに伸ばしている。根本から伸びた半分が黒くなっているため、より貧相な印象を与えている。なで肩と痩せた体格なども相まって、刑事にはまったく見えない。

田辺は軽く一礼すると、バスルームを指した。

「いいですか」

富永はうなずいた。

田辺がバスルームに入った。用を足すのではない。ネルシャツの袖をまくり、ためらいなく便器に手を突っこんで排水口をチェックする。トイレを調べ終えると、バスルームの洗面台や換気口を調べた。富永はその様子を見守る。

田辺のチェックは、バスルームを出てからも続いた。ベッドのマットレスをひっくり返し、枕をなで回した。椅子に上って、エアコンの送風口を目と指で確かめた。

リュックサックからトランシーバーに似た盗聴器発見器を取り出し、コンセントなどに近づけた。とくに反応は見られない。

田辺は部屋中をくまなく見て回った。動きに無駄はなく、それほど時間はかからなかった。マットレスと枕を元の位置にきちんと戻すと、ベッドの形はチェックインしたときと変わらなくなった。

富永は椅子を勧めた。冷蔵庫からミネラルウォーターを取り出し、ふたつのグラスに注いで、テーブルに置く。

腰かけた田辺は、グラスの水を勢いよく飲み干した。普段は無表情でいることが多かったが、部屋に入ったときから頬をわずかに紅潮させていた。なにか手応えがあったのだ。富永は再び水を注いでやる。

田辺はまたグラスに手を伸ばした。

「だいぶ遠出してきましたよ」

「どこだ」

「大洗海岸《おおあらい》です」

富永は目を細めた。

「釣りをしに行ったわけじゃないな」

「ええ」

田辺が二杯目の水も空けた。

田辺には能代を見張らせている。つまり能代は茨城県の海辺に向かった。富永は脚を組んで考える。地名から答えが浮かび上がる。

「警察共済組合《ケイキヨウ》か」

田辺が小さく笑った。正解したらしい。大洗海岸には、警察共済組合が運営する保養施設がある。

警察共済組合は、全国の警察職員とそのＯＢらの暮らしを支え、公務の能率的運営を目的とした組織だ。

年金などの長期給付や、病院の経営といった福祉事業まで、幅広く行っている。警官の出張や家族旅行のための宿泊福祉事業も手がけており、警察官は格安でこれらを利用することができる。関東だけでも半蔵門や伊香保、浦和などにも同様の施設があった。富永も出張のさいにはよく使っている。

富永は低くうなった。腹をくくったつもりだが、先を聞くのが恐かった。

「よろしいですか？」

田辺が上目遣いになって尋ねる。彼の心を見透かしたように。

「続けてくれ。もう充分、驚かせてもらっている。現職の刑事部長を茨城くんだりまで呼びつけるほどだ。さぞや大物だろう」

田辺は、タブレット型コンピューターをリュックサックから取り出した。テーブルに置いて起動させる。

「殿山俊一郎《とのやましゅんいちろう》。現在は、警察共済組合《ケイキョウ》の理事です。最近はもっぱら、近くのゴルフ場に通って、この保養施設で過ごしてます」

富永はコンピューターのディスプレイを凝視した。

いささか古めかしい保養施設の玄関。ふたりの男が並んで出てくる姿が映っていた。

ひとりはスーツ姿の能代だ。コートを小脇に抱え、砕けた笑顔を浮かべている。

隣にいるのは、均整の取れた身体つきの老人だ。長袖の赤いゴルフウェアを着用している。能代と同じく、赤銅色に肌が焼けている。おかげで銀色の短髪と口髭が際立って見える。

富永はうなった。髭のおかげで人相はわずかに変わってはいるが、たしかに殿山には違いなかった。直接、彼のもとで働いた経験はないが、顔や名前は知っている。かつて警視庁の警備部長まで務めた大物だ。公安畑を歩み続けた実力者でもある。

富永が答えた。

「〝スパイマスター〟だろう」

「一部の公安刑事からはそう呼ばれて、崇められてはいましたが、なにかと毀誉褒貶の多い人物でもありました」

田辺は殿山について語った。地方警察の警備部を渡り歩き、警視庁では新宿署署長や方面本部長などを歴任している。本庁公安一課長時代には、いくつもの過激派潰しと監視に力を入れている。極左団体と労働組合の有力幹部をスパイに仕立て上げ、監視対象団体を丸ごとコントロールしていたと言われている。

悪評の絶えない人物でもあった。彼が在籍していた警備公安は、他の捜査部門よりも格段に大きな予算が割り振られる。しかも秘匿性の高い金だ。殿山が大物スパイを飼えたのも、金遣いがひときわ荒かったからだとも囁かれている。

捜査費の私的流用の噂もついてまわった。殿山は警備部長時代に、江東区の一億円以上もするマンションを手に入れているが、購入資金の一部は、裏でプールしていた捜査費だと言われる。三年前、まさしく彼が警備部のトップに就いていたころのことだった。

「殿山さんも警視総監候補のひとりでした。部長以上に出世できなかったのは、それらの悪評がついて回ったからだと言われています。功績のみを考えれば、もっと上に行けたでしょうが、金の臭いがつねにつきまとっていた」

田辺の報告を聞いているうちに、八神の姿を思い出していた。汚れた金を遣って、協力者を作り上げていく。どちらも邪道を行く警官たちだ。

「能代とはどういう関係だ」

「まだ、わかっていません」

田辺は語気を強めた。富永の顔を覗いてくる。引き返すなら今のうちです。目で訴えてくる。

富永は顎に手をやって考えた。今知ったのは、能代と殿山が会っていたという事実だけだ。

ただ、現職の刑事部長を茨城の海岸まで呼びつける——単なるＯＢとは片づけられない力を感じさせる。

　田辺が尋ねた。

「どうしますか？」

「どうするもなにもないだろう」

　富永は画像の殿山を指さした。

15

　夕刻の首都高湾岸線は混み合っていた。

　瑛子は追い越し車線を走り続け、湾岸市川インターチェンジから国道３５７号線に出た。一般道はさらに混雑しており、何度もブレーキを踏んで、停車を余儀なくされた。

　赤信号を待っている間に、携帯電話が鳴った。ヘッドセットをつけて電話に出た。

〈おれだ。生きてるか？〉

　新宿署の倉部だった。

「ずいぶんな挨拶ね」

〈冗談で言ってるんじゃない。わりと本気《マジ》だ〉

「ピンピンしてる……と言いたいけど、いろいろとガタが来ているのはたしかね」

倉部は知っているようだ。彼と会った直後、瑛子が何者かに襲撃を受けたことを。

〈ここらで養生したほうがいいんじゃないのか。もしものことがあったら、これまでの努力が水の泡になっちまう〉

瑛子はアクセルを踏んだ。

「そうね。温泉にでも行って、リフレッシュしたいけど、相手のほうが待ってくれない。もう賽《さい》は投げられてる。あなただって、私を気遣うためだけに、電話をくれたわけじゃないでしょう？」

〈まあな〉

「どうかしたの？」

〈カネがいる〉

「いくら」

瑛子はハンドルを握り直した。

倉部は独身だった。そのうえ仕事熱心で、酒を人より多めに嗜む程度。博打や女にハマってもいない。カネの用途は訊くまでもなかった。情報提供者への謝礼金だ。

〈五百万〉

「わかった。明日までに振り込んでおく〉

〈冗談だ。その百分の一くらいで済む。今夜、メシを食うだけだ。立て替えておくから、あとで精算してくれ。それにしても五百万だぞ。あっさり応じるもんだから、焦っちまったじゃねえか〉

「ご会食の相手はどなた？」

〈おれもまだ詳しくは知らない。前に話したとおり、芦尾の第三夫人に訊いてみたのさ。渋谷のホステス嬢だ。そいつは今でも死んだ情夫《オトコ》を忘れずにいたようでな。芦尾の死因が自殺じゃないかもしれんと告げると、すぐさま飛びついてきた。設楽の友人をこっそり紹介してもらうことになった〉

瑛子は前方を睨んだ。渋滞のなかをのろのろと進む。徐々に日が沈み、赤いブレーキランプが存在感を増していく。

〈もしもし？〉

「会うのは明日以降にするわけにいかない？　できれば私も同席したい」

倉部がうなった。

〈高杉会か〉

「そのバックにいるやつよ。そいつは相手が警官だろうと関係ない。私がいい例ね。今度はあなたが、ズドンとやられるかもしれない」

倉部が会う相手は、多かれ少なかれ、高杉会と関係している人間だ。現在の高杉会と、その背後にいる人物は、日本に戻ってきた設楽と、三年前の真相を嗅ぎ回る瑛子を危険視している。瑛子とともに芦尾の周辺をうろつく倉部も、ターゲットにされていてもおかしくはない。

〈……難しいな。第三夫人も、これから会う人物も、危険を承知で引き受けてる。ここであれこれと予定をいじくれば、不審を抱かれちまう。こんなのは、釈迦に説法だろうが〉

「わかってる。だけど――」

倉部が声でさえぎった。

〈お前さんの言葉を借りるぞ、賽は投げられているんだ。おれの目から見れば、そっちだって充分に危険だ。なにやら運転中のようだが、どこに行く気だ。デートや女子会ってんじゃないだろう〉

瑛子は答えられなかった。

〈お前と同じだ。覚悟を決めてる〉

震える唇を噛んだ。深呼吸をしてから言う。

「背中に気をつけて」

倉部は息を呑んだ。ややあってから答える。

〈なるほど。雅也が目指してた山の頂点に、おれたちもじきにたどりつけそうだな〉

「……そうね」

〈登りつめたときは乾杯しよう〉

電話が切れる。

瑛子は腹をなでた。奥歯を噛む。この三年を、ただひたすら追跡に費やした。その過程で瑛子から利益を得た者もいれば、破滅や死を迎えた者もいた。

後悔はない。この世を去った雅也の亡骸を、この世で生きられなかった子を、自分の目で見たときから、闇にまぎれた人間たちを残らず炙《あぶ》りだすと決めていた。

瑛子自身が傷を負うのならかまわない。闇を暴かないかぎり、死ぬわけにはいかないが、進むべき道が険しいのは承知のうえだった。かりに手足を失い、警官が勤まらない身体になったとしても、後悔することはない。

自分はどうなってもかまわない。ただ協力してくれた者には、なるべく無事でいてほしかった。雅也と同じ運命をたどってほしくない。その思いだけは、今でも胸のなかでわだかまっている。

彼女は電話をかけた。相手はすぐに出た。

「もしもし」

〈瑛子さん〉

「どう？　具合は」

〈まああっす。ちょっと痛みましたね〉

電話相手の里美が、他人事《ひとごと》のようにぶっきらぼうに答えた。

苦痛に慣れている彼女が、痛むというのは、常人には耐えられないほどの激痛に襲われていることを意味している。瑛子を襲った長身の男に、拳銃のグリップで殴られ、頭蓋骨にヒビを入れられた。そもそも、その日の夜は、格闘技の試合までこなしている。ダメージを負った身体で、瑛子を助けてくれたのだ。

里美は気遣うようにつけ加えた。

〈でも、さっき一軒、配達に行ってきましたよ〉

彼女の実家は酒屋を経営しており、毎日のようにビールの樽や重たい酒瓶を、酒場や飲食店に届けている。

「ダメよ。無茶しちゃ」

瑛子は息を吐いた。無茶なら自分もしている。言葉は呆れるほど説得力がない。

〈鎮痛剤飲んだら、わりといい感じっすよ。仕事ですか？〉

「そうじゃないの」

〈違うんすか……〉

　里美は露骨にがっかりした。

「力仕事じゃないけど、頼みごとがあるの」

〈なんすか〉

「仮の話。そう思って聞いて」

〈はあ〉

「もし、私になにかあったときは……」

　瑛子は彼女に用件を伝えた。

16

　倉部郁はステーキを食べた。

　サイコロ状に小さくカットされた牛肉だった。ろくに嚙まなくとも、口のなかでとろけていく。値段のわりには、なかなか上等な肉だった。

隣の妃奈子《ひなこ》が訊いた。

「おいしい？」

「うまい。いける」

倉部はおしぼりで口を拭った。

「これがプライベートだったら、もっとうまかっただろうけどな」

妃奈子は口を手で覆って笑った。パール色の爪が輝く。

「おかしい。こわいの？」

「人見知りするほうなんでよ」

「郁ちゃんのほうが、よっぽどそこいらの人より、こわく見えるよ。ねえ？」

妃奈子は、カウンターの向こう側にいるコックに声をかけた。黒いキャップをかぶったコックは、肉を焼きながら苦笑するだけだった。

渋谷の道玄坂の雑居ビル。二階にある鉄板焼きダイニングだった。鉄板を設《しつら》えたカウンター以外に、五つテーブルがあるだけの小さな店だ。倉部たち以外は、アフターらしきホステスと男性客がいるだけだった。

妃奈子は声をひそめた。

「あの人と暮らしてたとき、いろんな親分さんを見たもんだけど、全然貫禄負けしてないよ」

「褒めてるのか」

妃奈子は彼の太腿に手を置いた。

「大丈夫。心配しないで」

妃奈子は潤んだ瞳で倉部を見上げた。

親分の情婦だっただけに、瑞々しい色香をたたえていた。年齢は三十近くになるだろうが、幼さが残る小さな顔のおかげで若く見える。張りのある胸が大きさを主張していた。かつてはグラビアアイドルをやっていた時期もあったという。

倉部はビールのジョッキを掲げた。妃奈子のグレープフルーツサワー入りのグラスと軽くぶつけ合う。改めて乾杯をし、ビールを慎重に飲んだ。

すでに妃奈子の店で水割りを何杯かやっている。酔っぱらうわけにはいかなかった。テーブル側にいたカップル客が席を立った。店内の客は倉部たちだけになる。腕時計に目を落とす。

「時計なんか見ないでよ。あたしとじゃ退屈なの？」

妃奈子は甘えた声で言った。フォークに刺したサイコロステーキを、倉部の口元へと持っていく。彼は呆れたように頬を歪めながらも、肉片を口に入れた。

「しょうがねえな、酔っぱらいやがって。待ち人が来ねえからだろう。どうなってんだ」

「ごめんごめん。そうだっけ」

妃奈子は自分の頭を軽く小突いた。

倉部の目的は、死んだ芦尾たちの企みを知り、彼らを消した連中を見つけ出すことだ。そのために、妃奈子の店には時間をかけてかなり通った。

地道な努力が実って、この店で設楽の友人に会う手筈となっている。

妃奈子の話では、横浜の元暴力団幹部で、設楽とは外兄弟の仲にあった人物だという。三年前に設楽が海外へ逃亡するさい、なにかと彼のために骨を折ってやり、彼を湘南の漁港から脱出させているらしい。その設楽が三年ぶりに帰国したときも、ひそかに手伝いをしているというが……詳細は不明だった。

妃奈子が立ち上がった。

「倉部さんとのお酒、いつも楽しくて。ちょっと待ってて。電話してくる」

「頼んだぞ」

妃奈子はだいぶ酔いが回っているのか、足をふらつかせた。倉部は尻に手を回し、彼女の身体を支えてやる。

「スケベ」

妃奈子は舌を出した。倉部はにやけた笑みを浮かべてみせる。

妃奈子が店から出るのを見届けると、倉部は彼女のグレープフルーツサワーに手を伸ばした。

サワーの味を確かめた。アルコールの味がまったくしない。倉部はコックを見上げる。コックは素知らぬ顔をしながら、鉄板上の油をふき取っている。ホステス嬢が酒を飲むフリをして、ジュースでやり過ごす。よくあることではある。

倉部は手をあげた。

「ビールをもう一杯。ノンアルコールのほうでな」

コックはうなずいて、カウンターから離れた。調理場へと姿を消した。フロアにいるのは彼ひとりだけとなる。この鉄板焼き店を指定をしたのは妃奈子だった。

倉部はタバコに火をつけた。大きく煙を吐き、腰のホルスターのボタンを外す。

コックも妃奈子も、なかなか戻ってこない。スピーカーからジャズが静かに流れている。

玄関の自動ドアが開いた。倉部は反射的に腰に手をやる。

店に入ってきたのは、コートを着たふたりの男だった。倉部は凝視する。見覚えのある姿だ。

背の高い男が手を叩く。

「おや、こいつは奇遇だな」

「五條……」

「倉部さんじゃないか、こんなところで会うとは」

ふたりは同じ新宿署の警察官だった。組織犯罪対策課の五條。後ろにいるのは、やつの部下の一宮だ。

倉部はタバコを吹かし、落ち着きを取り戻した。

「たしかに奇遇だ」

五條が鼻で笑う。

「あんた、グルメなんだな。穴場のここを知ってるとは」

五條らはテーブル席に陣取った。やつは椅子に座ると、ヤクザ者のように長い足をだらしなく伸ばす。

「どうしたよ。こわい顔して。コレと一緒だったか」

五條が小指を立てた。

――背中に気をつけて。

倉部は八神の言葉を思い出した。

「そんなところだ」

「そりゃ悪かった。心配すんな。おれは口が堅い」

「知ってるよ」

倉部は灰皿に吸い殻を押しつけ、一宮を見やった。上司に合わせて、迎合の笑みを浮かべている。顔色はよくなかった。目は笑っていない。

五條隆文《たかふみ》は新宿署組対課のヌシだ。マル暴に来る前は、公安刑事として辣腕を振るっていたという。公安一課に所属し、アカの監視にあたっていたらしい。

若いころは、悪名高いカルト宗教団体のなかに、単独で潜っていたという噂もあった。老いぼればかりの左翼団体の見張りでは役不足と判断され、新宿のマル暴へと異動になったと言われている。それを裏づけるように、荒くれ者揃いの新宿署でもトップクラスの腕力を有している。柔剣道の稽古では、いつも署員らを叩きのめしていた。同じ組対課の一宮にしても、署内でも有名な乱暴者として知られていたが、今ではすっかり五條の腰ぎんちゃくだ。

倉部は腋《わき》を締めた。暖房が効いているにもかかわらず、寒さで身体が震えそうになる。出入口に目を走らせた。妃奈子が戻ってくる様子はない。

「それにしても愛想のない店だ。客が来たのに、挨拶ひとつない」

五條がテーブルをノックし、調理場に向かって呼びかける。

「おい、誰もいねえのか」

「つまらん芝居はよせ」

「あん？」

倉部は拳銃を抜いた。官給品のリボルバーだ。護身のために携帯していた。五條に銃口を向けた。

撃鉄を起こす。金属が嚙み合う音がし、シリンダーが回転する。一宮が血相を変えて立ち上がろうとしたが、五條は腕を軽く上げて部下を制した。

「どうした。穏やかじゃないな」

「そりゃそうだろう。ようやくウジ虫野郎と出会えたんだ」

倉部が肉汁で汚れたナイフを左手で持った。ナイフの刃先をカウンターに向け、調理場からの襲撃に備える。

「こんな近くにいたとは。自分の間抜けさに吐き気がするぜ。動くんじゃねえぞ。うまくおびき寄せた気でいるんだろうが、タダじゃくたばらねえからな。雅也《まさや》殺ったのは、てめえらだろうが」

「雅也？」

五條は部下に尋ねた。青い顔をした一宮が答える。

「八神瑛子の」

「ああ」

五條はわざとらしくうなずいた。倉部の血が沸騰する。

「貴様ら」

ナイフを投げつけた。やつはよけようとしなかった。ナイフは五條の横を通り過ぎた。テーブルに当たる。ナイフは甲高い音を立てて床を転がる。

五條はだらしなく座ったままだった。やつはカウンターに残された皿を見やる。

「肉、うまかったか？」

倉部は眉をひそめた。答える代わりに、拳銃を両手で構え直す。五條は喋り続けた。

「悪くなかっただろう。この店は高杉会の幹部がやってる。ヤクザってのは、けっこう舌の肥えた連中ばかりでな。塀のなかでクサいメシをたんと食わされてる分、食事ってもんを重視するんだ」

「つまり、ここはお前の店ってことだな」

「そのとおり」

倉部は舌打ちした。視界が怒りで赤く狭まる。五條たちよりも、自分の愚かさに腹が立った。

暴力団が地下にもぐり、簡単には尻尾を摑ませない時代に入った。しかし今の新宿署組対課は、着実に数字を上げている。高杉会を始めとして、歌舞伎町の暴力団をうまくコントロールしているからだ。

倉部は、心のなかで八神に語りかけた。先に頂点にたどりつけたぞと。眺めは、予想以上にひどいものだったが。

五條は胸ポケットに手をやった。倉部は警告する。

「動くな」

ポケットから抜いた五條の手には、葉巻用のシガーケースとパンチカッターがあった。太い葉巻を取り出すと、カッターで先端を切り落とし、ゆっくりとガスライターで炙る。

「こんなところに、呼んだのは他でもない。ちょっと相談がしたかった」

五條は盛大に煙を吐いた。やつらのいるテーブル周辺の空気が濁る。

「おれに手を貸せ。この店をあんたにくれてやる」

「なんだと」

「妃奈子を好きにしてもいい。あいつはおれの命令なら、なんでも聞く。そう仕込んだんだ。あのでかい胸で一晩中、チンポコをしごいてくれる」

一宮が怒鳴る。

「まずはそいつを下ろせ。落ち着いて話もできねえ」

倉部は一宮に銃口を向けた。

「黙ってろ。ぶち殺すぞ」

五條は口に葉巻をくわえ、コートに両手を突っこんだ。

「落ち着け。お前を消すだけなら、こんなまどろっこしい真似はしない。同じ署で働いてるんだ。いくらでもチャンスはあった。便所でクソでも垂れてるところを襲えばいい」

「おれが欲しいのは、雅也を殺った真犯人《ホンボシ》だよ」

倉部は椅子から下りた。腰のケースから手錠を取り出す。

「両手を頭の後ろで組め。話はあとだ」

五條は従わなかった。足を投げ出したまま、葉巻をくゆらせている。やつは言った。

「八神瑛子だろう」

「ああ？」

「お前の欲しいものだ。友《ダチ》の仇だと。カッコつけるな」

五條がぬっと立ち上がった。やつの身長は百九十センチ近くある。対峙《たいじ》してみると、倉部の目にはそれ以上に見えた。天井まで伸びた大木のようだ。

「たしかにいい女だ。刑事《デカ》なんざやらせとくには、もったいない上玉だよ。恥じることはねえ。美人の後家さんに近づきたいと思うのは、男として当然だ」

「口を閉じろ。死にてぇのか」

「あの女も屈服させる。一番にやらせてやってもいい」

銃を持つ倉部の手が震えた。五条との距離は三メートルもなく、外しようがない。

「殺してやる」

五条がポケットから、ゆっくりと手を出した。右手には、まだら模様のロープが握られてあった。

「図星だったか」

倉部は引き金を引いた。撃鉄が落ちる。

拳銃は役目を果たさなかった。撃鉄が落ちる音がするのみ。弾が出ない。倉部は息を呑んだ。

倉部はさらに引き金を引いた。シリンダーには弾薬がつまってる。にもかかわらず、むなしく撃鉄が空打ちするだけだった。五条が両手でロープを握る。

「言っただろ。同じ署にいるんだ。チャンスはいくらでもあるんだよ」

細工されていたのか。倉部は拳銃のグリップで殴りかかった。

五条はよけなかった。肩で打撃を受け止める。渾身の力をこめたが、やつは微動だにしない。

「ちくしょうが」

倉部はさらに拳銃を振り上げた。グリップを叩きつける前に、ロープが首に絡まった。呼吸を堰《せ》き止められる。首が圧迫される。顔が熱くなる。

倉部は拳銃を手放し、首のロープを摑んだ。緩まない。皮膚と血管にロープがさらに食いこむ。

膝から力が抜け、さらに重力が首にのしかかる。五条は顔を近づけた。涙で視界がぼやけていたが、やつが笑みを浮かべているとわかった。殴りつけようと拳を固める。腕が上がらない。

すまねえ――。倉部は瑛子に謝った。視界が白く濁り、意識が急速に遠のいていった。そしてなにも見えなくなった。

17

瑛子は車窓を見やった。

深夜の暗い海が広がっていた。わずかに開けた窓から、生臭さをともなったきつい潮の香りと、小さな波が岸壁に当たる音が入ってくる。

船橋市高瀬町。オートレース場から、さらに南に下った沿岸部の流通団地。冷凍食品の工場や物流会社の倉庫なども集中している。一直線に延びた道路横には、無機的な建物が軒を並べていた。夜中の現在は、ひっそりと静まり返っている。たまにトラックが通りがかるくらいだ。

倉庫街のなかに、剣持のオフィス兼配送センターがあった。瑛子はオフィスから五十メートルほど離れた位置に、スカイラインを停めて建物を見張った。

剣持の城は、トタン屋根に鉄色の壁でできた古い建物だった。昭和の町工場を想起させる造り——ときおりなかから、幾種類もの動物の鳴き声がする。

鳴き声の正体は犬や鳥などだ。たいていは聞き取れたが、判断のつかないものもあった。キイキイ、ギャアギャアという得体の知れない声。殺伐とした風景のなかでは、ことさら生生しく感じられた。

瑛子は、夕方にオフィスを一度訪れていた。オフィスのドアや倉庫のシャッターを叩いて呼びかけたものの、誰も出てくる様子はなかった。生き物の気配や獣臭は漂っていたが、肝心の人間が不在だったのだ。

玄関のドアには、〝外出中〟と書かれた紙製の札がぶら下がっていた。経営者の性格を表すかのように、荒々しくマジックペンで殴り書きされてあった。

札には連絡先として、携帯電話の番号も書かれてあった。だが、瑛子は電話をかけていない。下手にコンタクトを取っても、警戒されるに決まっていた。

剣持は、お尋ね者の設楽の使いとして、彼の情婦だった王慧琳に近づいている。慧琳を設楽のもとに連れ出そうとした。

果たして剣持が設楽と組んでいるのか。あるいは逆で、設楽の味方を装っていただけなのか。いずれにしろ、なんらかの形で関わっているのだろう。

見張りを開始してから四時間。瑛子の携帯電話が震えた。液晶画面に表示された名前を見てから電話に出た。

挨拶もなしに訊いた。

「わかった？」

〈一日くらいじゃ、そう簡単にいかねえよ〉

電話相手の中年男はガムを嚙んでいた。くちゃくちゃと咀嚼《そしゃく》音を立て、ふてくされた声で答えた。瑛子は念を押した。

「わかったのよね」

中年男は押し黙ってから、ため息とともに答えた。

〈……まだ途中だ。半分ぐらいしかわかってねえ。いや、何人いるのかも、まだ摑み切れて

ねえんだ〉

「それじゃ、どうして半分なんて言えるの」

〈そうだけどよ、なにしろ、たった一日じゃ――〉

「まずガムを捨てて。さっきから、くちゃくちゃうるさいんだけど、わざと私をむかつかせるためにやってるの？」

瑛子は笑ってみせた。

「もう恥を搔きたくないでしょう」

〈ま、待ってくれ。わざとなんかじゃねえよ〉

ガムを吐き出す音がした。猿山のサルと同じで、誰がボスであるのかをつねに示しておく必要があった。さもなければ、この男、西《にし》はすぐにつけ上がる。

西義信《よしのぶ》はフリーランスの調査員だ。上野署生活安全課にいた元刑事で、上野署管内では名の知られた悪徳警官だ。悪さが過ぎて警察社会から追い出されたが、昨年末に富永に依頼されて、瑛子の尻尾を摑もうとつきまとった。西自身は瑛子の弱みを握り、彼女から甘い汁を吸うつもりでいた。あいにく、彼らの策略は失敗に終わった。逆に瑛子が、徹底して西に恐怖を植えつけ、弱点を知るに到った。今では支配下に置いている。

西の人格は最低だったが、調査の腕はそれなりに良かった。すでに何度か仕事をさせている。きちんと報酬は払っているが、仕事を断るといった選択肢までは与えていない。

西は弁解した。

〈剣持の野郎、ロックスター並みに愛人をあっちこっち抱えてやがるんだ。東京だけじゃねえ。東北のほうにまでいやがった。移動だけでも時間がかかった〉

「それで？」

〈今のところわかってるのは女房以外に五人。古いのは三十年以上も前からの仲だ。みんなホステスやスナックの女だな。なにがおもしろくて、化け物みてえなツラのヤー公とつきあうのか……〉

瑛子は咳払いをして、西の無駄口を封じた。

彼には剣持歳三の女性関係を調査させていた。きっかけを与えてくれたのは、墓地で会った甲斐だ。剣持歳三について尋ねると、剣持の職業だけでなく、余談と言いつつ、漁色家としての一面も教えてくれた。

甲斐は余計な話をしない。剣持の女を探ってみろと、暗に伝えてくれたのだ。

〈詳しい報告書はメールで送った。とりあえず、今日はこれで勘弁してくれ。へとへとで死んじまうよ〉

「内容次第よ。つまんない中身だったら残業してもらう」

瑛子は電話を切ると、助手席に置いていたタブレット式コンピューターの電源を入れた。メールソフトの受信箱には、西からのメールが確かに届いていた。添付された文書ファイルをダウンロードする。

報告書を読む前に、海外に本社を置くＩＴ企業のサイトを開いた。ＩＤとパスワードを入力する。ファイルストレージサービス――有料のデータ保管庫だ。得た情報を保管している。倉部や英麗、郭から聞いた話なども、すべて電子化してまとめてある。西からの報告書も、コピーをアップロードした。コンピューターやモバイル機器のハードディスクには、データを残さない。他人に奪われる危険があるからだ。

ネットの海に情報を沈めてから、文書ファイルに目を通した。剣持歳三と愛人関係にある女性たちの名前や年齢、職業と住所が記されてあった。

どの女も夜の職業に就いている点で共通しているが、住所や年齢はバラバラだった。三十代から六十代までと幅広い。横浜や浦和。西の言うとおり、東北のあたりにもいるらしい。ざっと報告書に目を通した。愛人の名前をもう一度読み返す。

瑛子はひとりの名前に目を留めた。再び名前を見直す。

「これって……」

倉庫街の沈黙がふいに破られた。幌つきの二トントラックが、剣持の倉庫の前で停まった。

カーラジオの音量がやけに大きく、エンジンの駆動音とともにアナウンサーの声が耳に届く。運転席から、ドカジャンを着た大柄の男が降りた。反射的に赤外線の双眼鏡を握った。覗くまでもない。肉眼だけで充分だった。剣持歳三と判断できる。

彼女は剣持を観察した。まっとうな商売をやれるようなタイプじゃない――甲斐の剣持評を思い出す。

じっさいに目撃して、彼女も納得した。職業柄、容貌魁偉な男を数多く見ている。剣持はベスト級の面構えだった。

スキンヘッドの頭と、古くさいコールマン髭。眉毛はほとんど消えかかっていた。六十を過ぎているが、見た目は若く、現役の気配をにじませている。

額と口元には、青龍刀で斬られたという刀傷。風俗店を経営していたというが、こんな凶相の男が出てきたら、客はさぞ震え上がるだろう。加えてオスの力強さも感じさせる。女性関係が賑やかなのも、それなりに納得できた。

剣持はひとりだった。倉庫のシャッターを開けると、トラックのあおりを倒し、積み荷を降ろし始めた。金属製のケージを両手に抱えて運ぶ。

瑛子は双眼鏡を覗いた。ケージのなかでは、毛むくじゃらの生き物が飛び跳ねていた。サルの一種のようだが、目がクリクリと大きく、耳がネコみたいにピンと立っている。動物には明るくないが、日本に生息している生き物ではないだろうと思った。

剣持は倉庫とトラックを往復した。ひと抱えもある重そうなケージをもくもくと運ぶ。五回ほどそれを繰り返したとき、瑛子はスカイラインから静かに降りた。シャッターの開いた倉庫から、動物たちの糞尿の臭いがした。

瑛子は後ろから、作業に没頭する剣持に声をかけた。

「剣持さんね」

剣持はとくに反応を見せない。黙って運搬作業を続け、ケージを建物へと運んだ。

倉庫のなかには、多種類の動物が押しこめられていた。派手な色をしたインコ、精悍《せいかん》な身体つきのドーベルマン、ネコほどの大きさもある巨大トカゲ。それらが檻に入れられている。

瑛子は眉を動かした。無視されたものと考えたが、大音量のカーラジオを思い出した。大声で呼んだ。

「剣持歳三」

剣持はケージを抱えたまま動きを止めた。眉のない凶相を歪ませて振り返る。耳が遠いようだった。

「それとも佐藤光夫と呼んだほうがいい？」

「誰だ」

けたたましい声が返ってきた。瑛子は警察手帳を提示した。

「警察」

剣持は眉間に皺を寄せて手帳を覗きこんだ。とくに怯《ひる》む様子を見せない。

やつが抱いているケージのなかでは、ニシキヘビがトグロを巻いていた。ケージの重さも考慮すれば、かなりの重量になるはずだが、汗ひとつかいていない。

耳が遠いといっても、不用意に近づく気にはなれない。瑛子は間合いを取った。

剣持は、大蛇を持ったまま警察手帳を睨んだ。

「上野《ノガミ》の組対課《マルボウ》がなんの用だ」

「設楽さん、知ってるわね」

「誰だって？」

剣持は耳を近づけた。瑛子は半歩下がって声を張る。

「設楽武志よ」

剣持は首を振った。

「知るか。どうしておれなんだ。足洗ってから何年も経ってんだぞ」

「しらばっくれてもダメ。情報《ネタ》は上がってる」

瑛子は腰から特殊警棒を抜いた。ケージの柵を軽く小突く。なかのヘビは眠ったままだった。

剣持は特殊警棒を冷たく見つめた。

「なんの真似だ。ねえちゃん」

「話に集中してほしいのよ。あなたが設楽のお使いをしたのはわかってる。やつの情婦のところに押しかけて、店から連れ出そうとしたじゃない。まさかナンパのために、設楽の名前を出したわけじゃないでしょう」

剣持はケージをゆっくりと地面に置いた。頬の傷跡が歪む。笑みを浮かべたらしい。気づくのに時間がかかった。

「たしかに、そんな店に行ったかもしれん。お前の言うとおり、ただのナンパだ。どうせ、おれが女好きなのも知ってんだろう。設楽の名前を出しゃ、デートに誘えると思っただけだ」

剣持はなめるように見つめ、瑛子のほうにじりじりと近寄った。

「よく見りゃ、あんたもべっぴんだな」

「それはどうも」

やつは作業ズボンの股間のチャックを下ろした。

「なんだったら、ちょっと遊んでいくか。ニシキヘビより大きな蛇を拝ませてやる」

「さぞや立派なツチノコなんでしょうね。残念だけど、脅しは通用しない」

瑛子は特殊警棒で自分の掌を叩いた。剣持は笑みを消し、冷ややかな真顔に戻った。

「帰れ。こっちは忙しい」

「設楽はどこ」

剣持はあたりを見回した。

「こんなところに、ひとりで現れるくらいだ。てめえもまっとうな警官じゃねえだろうし、これもまともな捜査じゃねえんだろう。あんまりしつけえと、刑事《デカ》だろうとなんだろうと、檻のなかに放りこむぞ」

「まともじゃないのはお互いさまよ」

瑛子は腰のホルスターから拳銃を抜いた。英麗から購入したグロックだった。

「珍しい生き物をいっぱい扱ってるけど、クリーンな証明書がついてるのは、そのうちの何割かしら。地元のおまわりさんに電話して、じっくり調べてもらう必要がありそうね」

剣持は言葉をつまらせる。

「嫌がらせなんて、いくらでもできる。質問に答えて」

「ねえちゃん……調子に乗るんじゃねえぞ」

剣持の額が蠢《うごめ》いた。いくつもの血管が浮き上がる。

「答えるわけがねえだろ……てめえらポリ公どもは、どこまでずうずうしいんだ」

瑛子は目を細めた。剣持の怒りを見て確信した。彼は設楽を知っている。

瑛子はグロックを構えた。

「悪いけれど、全部吐いてもらう」

「ふざけんな！」

剣持は脚を振り上げた。足元のケージを蹴った。金属製の大きなカゴが瑛子に衝突する。両腕でカバーしたものの、重みのある衝撃に負け、瑛子の身体は弾き飛ばされた。

膝立ちになって、ケージを見やる。金属製の柵は地面に叩きつけれ、わずかに形が歪んだものの、破損にまでは到っていない。なかの蛇は無事だった。

トラックのエンジン音で我に返った。瑛子は後方に顔を向けた。剣持が運転席に乗り、ハンドルを握っている。

彼女はトラックへと駆けた。追いつく前にトラックが走り出す。大量の煙を撒き散らして、瑛子から遠ざかっていく。

彼女はスカイラインへと戻った。星のように小さいトラックのテールランプを睨み、アクセルを思いきり踏みこんだ。タイヤがアスファルトを擦り、スカイラインが勢いをつけて走り出す。

遮るもののない一直線の道路だ。またたく間にスピードが百キロを超える。直進していた剣持のトラックが、とある交差点で右折した。後を追う瑛子が信号と対向車線を確認する。

ハンドルを勢いよく右に切った。後輪駆動車の力を利用して、後輪を滑らせた。

慣性の力が働き、瑛子の身体が左に傾く。バランスを保って、再びアクセルを踏んだ。タイヤが盛大に悲鳴をあげる。パワードリフトで右折し、トラックとの距離を大幅に縮める。

剣持が運転席の窓から顔を見せた。瑛子の車が背後に迫っているとわかると、追い抜かせまいと蛇行運転をし始めた。さらに窓からコーヒーの缶を投げつけてくる。

コーヒーの液体が、フロントウィンドウに叩きつけられた。褐色の液体が窓を汚した。瑛子は舌打ちした。ウォッシャー液とワイパーで洗い落とす。

蛇行するトラックが対向車線に出た。隙をついて、瑛子は左から追い抜く。

ハンドルを左手で支え、運転席から右腕を突き出した。手にはグロック。トラックのフロントウィンドウに狙いを定めて、引き金を何度も引いた。

銃弾のいくつかがトラックの窓を貫いた。蜘蛛《く　も》の巣状のヒビができ、ガラスが白く変色する。

トラックは急ブレーキをかけたが、対向車線を斜めに滑り、道路脇の電柱に衝突した。

トラックの前部に電柱が食いこみ、ボディの前部が大きくひしゃげた。剣持の禿頭がウィンドウを突き破り、粒状のガラスがバラバラと砕け散る。

瑛子はスカイラインを急停車させた。座席を降りると、トラックに駆け寄る。カーステレオからは、やはり大音量のラジオ。アナウンサーがニュースを伝えている。

運転席のドアを開け放った。ハンドルに突っ伏している剣持に、グロックを突きつける。

「これ以上、ふざけた真似はよして。この場で撃ち殺してやるわ」

剣持の頭は血みどろだった。首までまっ赤に染まっている。砕けたガラスが頭皮に無数の傷をつけていた。

剣持の長靴が迫ってきた。瑛子の拳銃をものともせずに、瑛子に強烈な蹴りを放つ。巨大な足を両腕で防御したものの、強い衝撃によって身体がよろけた。腹の傷がずきずきと痛む。

「ポリ公どもが。どいつもこいつもナメた真似しやがって。てめえら全員、一匹ずつぶっ殺してやる」

運転席を降りた剣持が、岩石みたいな拳を振り上げていた。血液で赤くなった両目を見開いている。

まっすぐに突いてくる剣持の拳を、瑛子は首を横に振ってかわした。パンチによる風が、黒髪をなびかせる。

血まみれの剣持が、さらに左拳で殴りかかってきた。タイミングを読んでいた瑛子は、同時に空手式の前蹴りを繰り出す。

瑛子のつま先が、剣持の股間を押しつぶした。カウンターとなって、衝撃が太腿のつけ根にまで伝わる。瑛子のほうもバランスを崩した。

剣持は内股になっていた。顎をヨダレが伝い、やつは膝から崩れ落ちた。股間を両手で押さえ、苦痛のうめきを漏らす。

瑛子は隙を与えなかった。激痛にもがく剣持を引き起こした。ドカジャンの襟を掴み、グロックの銃口を剣持の鼻に押しつける。熱を持った拳銃が、やつの皮膚を焼いた。

瑛子は叫んだ。

「上等じゃない！　こっちこそぶっ殺してやる！」

胸のなかを激流が襲う。頭が破裂しそうなほど熱くなる。三年もの間、ずっと堰き止めていたものだった。

耐えがたい苦痛も、頭が割れそうな憤怒も、張り裂けそうな不安も、すべて心の奥底に封じこめて生きてきた。すべては目的のために。真相に近づきつつある今だからこそ、決壊と必死に戦っている。

「言え！」

「な、なんなんだ……てめえは」

剣持の赤い目から涙がこぼれた。激情に気圧《けお》されたのか、口を震わせている。

瑛子はグロックをさらに押しつけた。グリップがやつの血でぬめった。銃口が剣持の鼻を押しつぶし、ゴリゴリとした鼻骨の感触が瑛子の手に伝わる。

「設楽はどこなの！」

瑛子は引き金を引き絞る。ちょっとの力で、目の前の男を破壊できる。心のなかで暴れる獣を満足させられる。

「やめろ、撃つな。設楽なんていねえ！」

「なんですって」

「日本になんて戻ってねえんだ！　フィリピンで死んでる！」

「……あなたの愛人を調べさせてもらったわ」

瑛子は唇を強く嚙んだ。糸切り歯が皮膚を破り、あふれた血が顎を伝う。血の味で我に返る。

「どうりで誰も捕まえられない。絵図を描いたのはあんたと……それにあいつでしょう。愛人のリストでわかった。あんたとあいつは設楽の名を騙《かた》った。まるで日本に舞い戻ったかのような噂を撒いて、親分を嵌めた連中を引っかき回した。設楽の情婦に近づいたのもそのためでしょう」

剣持が銃口を睨んだ。

「ああ、そうだ。ちくしょう!」

「なんのために。金?」

「バカにすんじゃねえ。金なんかでこんなことやるか!」

剣持は堰を切ったようにまくしたてた。

「だいたい、芦尾《オヤジ》が自殺なんかするわけねえんだ。ずっとなにが起きているのかもわからねえでいた。ようやくだ。最近になって、芦尾《オヤジ》がポリ公たちに嵌められたと知ったのは。だから考えたんだ。やつらをとことん引っかき回す。芦尾《オヤジ》の件には、多くの人間が関わってる。ポリ公も極道もだ。ひとり残らず、炙りだすつもりでいた」

「場所を変えましょう」

瑛子は剣持の襟首を摑んだ。

「あなたの仲間にも、ぜひお会いしたいわ」

「ダメだ!」

剣持がなおも抗《あらが》おうとした。瑛子はグロックを振り上げた。抵抗力を奪うために。

そのときだった。大音量のカーラジオに耳を奪われる。彼女は手を止めた。

〈……昨夜午後十一時五十分ごろ、東京渋谷区宇田川町の雑居ビルの三階にある空テナントで、ロープで首を吊った状態の男性を、同じ階の飲食店経営者が発見しました。通報を受けた渋谷署によれば、男性の衣服からは警察手帳や拳銃などが見つかっており、所持品などから、警視庁新宿署刑事課所属の、三十九歳の男性巡査部長ではないかと見て、詳しく調べを進めているとのことです。同署では、自殺と他殺の両面から捜査を――〉

瑛子の視界が暗くなった。ふいに目まいに襲われた。身体がよろける。

カーラジオを見やりながら呟いた。

「嘘……」

アナウンサーは、死んだ警察官の名までは伝えなかった。所属部署と年齢は明らかにした。新宿署刑事課の三十九歳の巡査部長。

新宿署刑事課のメンツを全員知っているわけではないが、該当する者といえば、倉部以外に思い当たらない。

瑛子は我に返った。右手を弾かれる。隙だらけの彼女を剣持が見逃さなかった。太い腕を振り回してきた。グロックの銃口がそれる。

彼女は距離を取ろうとした。後ろに下がる。剣持の拳が飛んできた。

瑛子は息をつまらせた。胃が痙攣《けいれん》する。砲丸を腹に投げつけられたような重い痛み。胃液を吐き出し、地面に手をつく。

血で赤鬼と化した剣持は手を休めなかった。巨大な拳を振り下ろす。

瑛子の耳の後ろに衝撃が走った。脳みそを揺さぶられる。視界がぶれる。再び目まいに襲われる。

三打目が肩口に叩きこまれた。鎖骨がひしゃげるのを感じながら、彼女の意識は遠のいていった。

18

携帯電話がポケットで震えた。一宮はそれを取り出して、耳にあてた。

〈おれだよ〉

かけてきたのは、高杉会会長の中馬だ。

「代わるか」

一宮は横を見やる。

隣にはシートにもたれた五條がいた。目をつむりながら、イヤホンで音楽を聴いていた。人をひとり殺《や》った後だというのに、ゆったりと自分の時間を過ごしている。虚勢を張っているのではない。何年も一緒にいてわかったが、彼は本当にリラックスしているのだ。

三年前に芦尾を始めとして、やつとつるんでいた金融野郎や、それらを追っかけていた雑誌記者を、立て続けに殺ったときに知った。

一宮もワルだ。池袋や新宿といった盛り場を抱える所轄署を渡り歩き、ヤクザや不良外国人を小突き回しては、カスリを受けとり、連中がメシの種にしている女を抱いた。だが、五條とは次元が違う。

五條は機嫌よさそうに鼻歌を歌いだした。鼻歌だけで曲名がわかった。九〇年代に流行《はや》った洋楽ソングだ。声量のある歌姫が、暑苦しく愛を歌い上げるラブバラード。血も涙もない人間ほど、そうした曲をなぜか好むものだ。

今の五條に妻子はいない。かつてはいたが、十年前に交通事故で妻と五歳の息子を亡くしている。彼の捜査に冷酷さがプラスされ、身の危険や破滅のリスクを考慮しなくなったのも、このときがきっかけと言われている。危険を厭わない捜査で手柄を上げ、公安一課で左翼の見張りなどを経て、タフな職場の新宿署へと流れ着いた。

噂をすべて信じているわけではない。妻子の死がきっかけというが、ラブバラードの世界みたいな温かい家族愛を、もとから持っていた人種だとは思えなかった。高杉会に女を用意させては、何度となく一宮と乱交パーティーに興じてもいる。

中馬は答えた。声がくたびれきっている。

〈あんたでかまわない。伝えてくれ。例の女刑事のほうに動きがあった。えらいことになってる〉

中馬の手下たちに、死んだ倉部を宇田川町の雑居ビルに運ばせた。自殺に偽装させている。何度もやってきたとはいえ、露見すれば中馬も高杉会も終わる。極度に神経をすり減らしているのだろう。元気なのは、殺しの張本人である五條だけだった。

中馬が一宮に電話をかけたのも、なるべく五條と口を利きたくないからだ。虚勢を張るのが極道の仕事だが、露骨に弱さを曝けだしている。もともとトップを張れるガラではないのだ。だからこそ、五條と新宿署組対課は、会長にやつを据えたのだが。芦尾亡き後の高杉会が、今日まで存続できているのも、そのおかげだ。

「なにがあった」

一宮は腹に力をこめ、背筋を伸ばした。彼も疲れきってはいた。同僚を殺しておいて、正常でいられるはずはない。しかし、弱っている姿を見せれば、五條からどんな活を入れられるか、わかったものではない。

〈見張ってる連中から報告があった。女刑事だが、あいつは船橋に向かってたんだ〉

「船橋……」

〈うちから抜けた剣持って野郎がそこにいる。暴れるのが得意で、先代のボディガードをやってた。三年前に足を洗って、今は船橋で動物を売り捌いている。女刑事はそいつに会いに行ったんだ〉

一宮は記憶を漁った。すぐに思い出せた。顔と体格に特徴がありすぎる暴力団員だった。ツラに刀傷をこさえた悪相の大男だ。

設楽を追って一か月が経った。かつて在籍していた高杉会の追跡をかわし続けるからには、設楽に手を貸す人物が、高杉会関係者のなかにいるに違いなかった。設楽の情婦や友人、元部下や兄弟分など、かたっぱしから調べさせている。

あたった人間の数は、すでに百人にもなるだろう。新宿の一大勢力を誇った高杉会だが、芦尾の死をきっかけに、たくさんの構成員が会を抜けている。元構成員を洗うだけでもひと苦労だった。

設楽の行方は、すぐに判明すると思われたが、意外にも難航している。追跡をかわすだけでなく、三年前の件を持ち出し、大胆にも上を脅しつけている。

中馬は続けた。

〈あの女刑事、マジでとんでもねえ女《スケ》だな。あの剣持に喧嘩を売って、かなり派手にやりあったらしい。最後は車で追いかけっこだ〉

「けっきょく、どうなったんだ」

横の五条が鼻歌を止めた。イヤホンを外すと、すかさず一宮から携帯電話をもぎ取る。

「おもしろそうな話をしているな。どうして、まっすぐにおれに連絡してこない」

五条は口を半開きのまま、じっと携帯電話に耳を傾けた。獲物を狙う野犬みたいな顔つきだった。電話相手の中馬は、弁解に追われているようだった。

五条は携帯電話に語りかけた。

「……いろいろ弁解したところで、おれを避けた事実は変わらん。今夜は特別な日だ。おれたちは、今まで以上にやばい死体《ホトケ》をこしらえたんだ。わかるよな。本庁やうちの刑事《デカ》の目を騙すには、今まで以上に手間がかかる。この難局を乗り越えるために、おれたちはもっともっと仲よしにならなきゃあならない。もっと緊密にな。捜査ってのも政治なんだ。クロをシロとするには、カネと根回しってもんが必要になってくる。理解できるか。お前のところでやってるバカラの売上げ、もう少しこっちに回せ。誰のおかげでメシが食えるのか、もう一度、ゆっくり考えるんだな」

五条は殺しを口実に、さらに高杉会からむしり取る気でいるようだ。中馬には親分を見殺しにしたという負い目がある。念願の会長の椅子を手に入れたが、五条たちになんだかんだと金を吸い上げられている。

五條たちがたった今乗っているベンツにしても、ハンドルを握っている運転手も、すべて高杉会のものだった。五條は自分の足として使っている。脅しでメシを食ってる集団たちに、五條は脅しをかけて、生かさず殺さず飼い慣らしている。

警察官という身分が、それを可能にしているのだが、五條ならたとえ警察手帳などなくとも、暴力団のひとつやふたつぐらいは、平気で操れそうな気がした。

五條はかつて公安畑の刑事だった。彼は過去を話したがらないが、何年もタッグを組んでいれば、自然と噂は耳に入って来る。五條は過激派やカルト宗教団体の深いところまで潜り、筋金入りの幹部たちを次々に転向させ、情報提供者《エス》に仕立て上げたという。

上は現役時代、スパイマスターと呼ばれていた。五條が汚れ仕事を巧みにこなしたからだ。

スパイ作りは容易な仕事ではない。忠誠を誓っている組織を裏切らせ、警察の犬に仕立てるのだ。良心の呵責に苛まれた挙句、スパイになるのを嫌がり、死を選ぶ者もいたらしい。五條は公安時代に何人も死に追いやっているという。力量の足らないヤクザをカタに嵌める——五條にとっては赤子の手をひねるようなものだろう。

五條は、ひとしきり中馬を脅しつけると、八神の件について尋ねた。

「弁慶がどうしたって？」

五條はゆらゆらと首を揺らした。中馬から報告を聞くと、口をへの字に曲げた。

「……つまりお前らより、八神瑛子ひとりのほうが優秀だったということだな。いいか、逐一報告しろ。上にもだ。それと、さっきのバカラの件を忘れるなよ」

彼は電話を切った。一宮に携帯電話を放り投げる。

「弁慶のやつ、運んでるらしい」

「え？」

「八神を拉致してる」

五條は運転席を蹴とばした。

「予定変更だ。適当に車を流しておけ」

「は、はい」

ハンドルを握るチンピラが背筋を伸ばした。多くのタクシーに混じって明治通りを走る。

「設楽のところでしょうか」

一宮は目を見開いた。このうえない朗報だ。ようやく三年前の亡霊とケリをつけられるかもしれないのだ。

「さあな」

五條の顔は曇っていた。

「おれと同じ臭いがしたんだがな。八神瑛子。あんがい甘ちゃんだったか」

彼はスーツの内側に手をやり、コルトガバメントを取り出した。かつてヤクザが好んで使った四十五口径の自動拳銃だ。弾倉を抜き、銃弾が装塡《そうてん》されているのを確かめる。

五條は拳銃を眺めた。暗い目だった。

「きれいに消して、カタをつけよう」

19

富永は携帯電話を手に持った。通話ボタンを押した。

いくらかけても、八神は電話に出ようとしなかった。電源すら入っていないようだった。

「クソ」

すでに何度も通話を試みている。折り返しの連絡もない。

今日の富永はいつも通りに出勤した。署長室で夜遅くまで仕事をこなし、浅草のホテルに戻ろうとしたところで、新宿署の倉部の死を知った。八神の行方もわかっていない。

デスクにはノートパソコン。横にアタッシェケースを置いた。ケースには八神に関する情報がつまっている。彼はそのなかから倉部郁の経歴書を取り出した。

昨晩、首を吊ったとされる新宿署の倉部は、かつて八神と同じく荻窪署刑事課に所属していた。八神雅也とは古い友人関係にあり、彼の死を他殺と考えていた。八神瑛子の協力者のひとりだ。

その倉部がこの世を去り、八神が音信不通の状況にある。富永はハンカチで顔を拭った。大量にあふれる汗のせいで、ハンカチが湿気をたっぷり含んでいる。部屋の空調を効かせているのに、鏡に映る富永は、シャワーでも浴びたかのようにずぶ濡れだ。

再び電話をかける。液晶画面の時計が午前四時近くを示している。

通話音がするものの、相手は出ない。時間帯を考えれば無理もなかったが、激しい苛立ちに心を掻きむしられる。

〈はい、井沢ですが……もしもし〉

井沢の声は不機嫌だった。

おまけに呂律《ろれつ》もかなりあやしい。声と一緒にヒップホップの曲と若い女の騒ぎ声がした。八神の手下は、もうじき朝だというのに、どこぞの盛り場で飲んだくれているようだった。

「富永だ」

〈そのようでありますな。このような時刻に一体なんでありましょうか。新しい嫌がらせですか〉

井沢のイヤミとともに、中年男の野太い声が聞こえた――しょ、署長だと。

富永は、息を吐いて心を落ち着かせた。

「石丸課長も一緒か。賑やかにやっているようだな」

〈署長殿は、いつから補導員を始めたのでありますか。残念ながら本官たちは学生《セイガク》ではなく、アラサーとアラフォーオヤジの集まりであります〉

がさごそと雑音が混じる。石丸の声がした——おい、バカ、なに言ってやがる。石丸が、井沢から携帯電話を奪い取ろうとしているらしい。富永はかまわずに続けた。

「くだらない言い争いをしてる場合じゃない。冷たい水でも飲んで酔いを醒ませ。緊急事態だ」

〈……一体、なんすか〉

「君らの姐さんと連絡が取れない」

〈ああ？〉

「石丸課長にも伝えてくれ。八神警部補を捜せとな。昨夜、新宿署の刑事が死んだのは知ってるな。彼は彼女の仲間だった。その意味はわかるだろう。彼女の夫とも親しかった人物だ。そんな彼が不可解な死を遂げ、八神警部補が行方不明となっているんだ」

〈どうして、そんなことをあんたが……いや署長が〉

井沢の声がまともになる。

「そんなことはどうでもいい。とにかく八神を見つけるんだ。八神警視などと、二階級特進させたくないだろう。全力で捜せ！」

〈わ、わかりました〉

富永は吠えていた。自分らしくない。だが、彼の熱意が通じたのか、井沢は素直に了承した。

〈課長、ヤバいっすよ！〉

電話が切れる寸前、井沢が石丸に非常事態を伝えていた。

富永は肩で息をした。喉がカラカラに渇いている。ペットボトルの水を飲んだ。手のなかの携帯電話が震えた。富永は液晶画面を見やった。田辺の名と番号が表示されている。彼からの定時連絡だ。彼は深いため息をついた。

田辺には、警察ＯＢの殿山を調べさせている。彼には一定の時間ごとに、連絡をよこすように伝えてあった。

調査対象者の殿山は、現役を退いたとはいえ、未だ警官社会に影響力を持っているらしい。公安の大物として、数多くのスパイを操ってきたという実績もある。つまり、暴力団や過激派、カルト宗教団体、テロリストなど、反社会的な勢力とも、パイプがあることを意味している。

田辺に定時報告を命じたのは富永自身だった。しかし、電話をかけてきたのが八神ではない事実に、打ちのめされそうになる。彼女は一体、なにをしているのか。汗がデスクに滴り落ちる。八神のこととなると、なぜこれほど心が乱れるのか。自分を見失いそうになる。

富永は汗で濡れた掌を制服で拭った。

このままでは、田辺と落ち着いて話ができそうにない。落ち着け、冷静であれ。自分に命じた。

「と、富永だ」

富永は電話に出た。口が滑らかに動いてくれない。

田辺が訝《いぶか》しげに訊いた。

〈……どうかしましたか〉

「なんでもない」

富永はペットボトルの水を飲んだ。

「相手が相手だ。多少、ナーバスにはなっている。君のほうこそ大丈夫なのか」

〈ええ、まあ〉

田辺は変わらなかった。ロボットを思わせる無機的な冷たさが、今の富永には頼もしく思えた。

田辺はつけくわえた。

〈ただ、慌ただしくはなってきました〉

「どこにいる」

今夜の田辺は殿山の自宅を見張っている。江東区大島の高級マンションだ。

〈今は麻布の会員制バーの前です。殿山《マルタイ》が自宅を出て、今から十分前に入店しています〉

富永はカーテンをめくり、外に目をやった。夜の闇が薄まりつつある。

「一杯やるには遅すぎるな」

〈急いでいる様子でした。殿山《マルタイ》が入った五分後、暴力団員《マルB》らしき男たちが数人、店の前まで車で乗りつけ、店内へと入ってます。暴力団員《マルB》のナンバーを照会したところ、所有者は高杉会会長の中馬均《ひとし》と判明しました。おそらく店に入ったのは、護衛を連れた中馬本人と思われます〉

「なんだと」

新宿の暴力団が警察OBと深夜に密会。ただ事ではない。新宿署の刑事の死が、富永の頭をよぎった。

高杉会。すべてはここから始まった。三年前、先代の会長である芦尾勝一が死んだ。死因は飛び降り自殺だ。

事件の臭いを嗅ぎ取った雑誌記者がいた。八神瑛子の夫である八神雅也だ。彼もまた奥多摩の橋から落下して死亡している。

あれから三年。八神夫妻の友人だった新宿署の倉部郁も、渋谷で死体となって発見された。現在、八神の行方はわかっていない。

時を同じくして、現役を退いた警察OBが、闇の発信地となった暴力団の現会長と会っているという。夜明け間際という時刻に。

密会と八神の失踪とが、無関係であるとは思えない。

数日前には、刑事部長の能代が上野署を訪問し、富永に釘を刺した。能代はその直後に、警察共済組合《ケイキョウ》の保養施設で、殿山に会っている。

富永は部屋のなかをうろついた。室内をぐるぐると回る。

できることなら、今すぐその会員制バーに乗りこみ、殿山や高杉会の連中を問いつめたかった。

頭をガリガリと掻いた。八神や組対課の面々みたいに、切った張ったは得意ではない。そんな暴力を認めてもいない。

富永は言った。

「新宿署の刑事が死んだのは知ってるな」

田辺はややあってから答えた。

〈それについては、ひとつ思い当たることがあります。これはただの憶測に過ぎませんが――〉

「かまわない。聞かせてくれ」

〈他でもありません。殿山《マルタイ》のことですよ。新宿署といえば、そこに彼の懐刀と呼ばれていた男がいます〉

「誰だ」

〈五條隆文。本庁公安一課に長く在籍していました。殿山《マルタイ》がスパイを操れたのも、その五條の働きがあったからこそと言われています〉

「五條……」

知らない人物だった。富永がいたのは公安部の外事一課だ。それに現場の公安刑事をくまなく把握しているわけではない。

〈新宿に異動してからはどうか知りませんが、公安時代はきわめて優秀……という評判ではありました。剣道の達人でもあります。背がやたらと高くて、ガタイもいい。たしか官公庁剣道連盟の全国大会に出てます〉

「うちの署の誰かと、よく似ているな」

富永は顔をしかめた。八神も剣道三段の腕前で、高校時代はインターハイに出場。腕と度胸を認められ、何度も表彰されている。

〈似ているのは、そこだけじゃありません。昔はまじめな公安刑事でしたが、すっかり人が変わってしまったとか。イカレた教義の宗教団体のなかに長く潜りすぎたせいだとか、潜ってる間に事故で妻子に死なれたうえ、葬式にも出られなかったせいだとか、いろいろと噂があります〉

富永は汗で濡れた携帯電話を袖で拭った。

「八神と同じく、危険な刑事になったというわけか」

〈ガッツと非情さを、やはり手段を選ばない人物である殿山《マルタイ》に認められたというわけです〉

富永は中空を睨んだ。

ようやく絵図が見えてくる。殿山が歩んできた警備公安は、形の見えないカネが飛び交うセクションだ。殿山自身も高級マンションを購入するなど、ダーティな噂が絶えない幹部だった。その彼が新宿のヤクザ組長と会談をしている……。

高杉会は、関東の広域暴力団の印旛会のなかでも、武闘派として知られていた。ただ、死亡した芦尾の代から、飲食店のみかじめ料や風俗産業、賭博といった旧来のものから、金融マンと投資ファンドを手がけるなど、シノギを徐々に新しく変えていった。

殿山と高杉会。どういった形で関わっているのかは、まだ富永にはわからないが、間には後ろ暗い欲望が横たわっているものと思われた。連中がいつから関係を持っていたのかもまだ不明だ。少なくとも、芦尾の代からのつきあいだろう。

田辺は言った。

〈だんだん見えてきましたね〉

「まだだ。まだ足りない」

富永はうめいた。

決め手となる証拠がない。なにより力が不足している。敵はあまりに大きい。相手はＯＢとはいえ、五條らしき実働部隊を抱え、本庁の刑事部長さえも動かしている。殿山と手を組んでいる者たち、飼われている者たち。一体、どれほどいるのか想像がつかない。

〈五條を探りますか〉

「ダメだ」

田辺の申し出を却下した。新宿署の倉部が死亡している。いくら田辺が監視のプロといっても、相手もまた公安畑にいたエキスパートなのだ。富永の存在も、殿山側に知られている。八神と同じく、三年前の不審死に首を突っこむ男として。田辺に監視活動を行わせているが、気づかれるのも時間の問題といえた。

ふいに目が熱くなった。涙がにじむ。

あと一歩だというのに。富永は床に膝をついた。王手はかけている。だが、富永らもまた四面楚歌の状態にある。どうすればいい。汗が目に入る。

そのときだった。携帯電話のスピーカーから、プッブッという着信音がした。別の誰かが電話をかけてきたのだ。

「ちょっと待ってくれ」

富永は液晶画面を凝視した。表示されたのは、八神の番号ではない。富永の知らない番号だ。濡れた目を袖で拭き、田辺を待たせて電話に出た。

「富永だ」

〈……もしもし。これ、富永って人のケータイっすか〉

重たい女の声がした。

富永は顔をしかめた。明らかに八神ではない。敬語を使っているものの、口調はひどくぶっきらぼうだった。

「そう名乗ってるだろう。富永は私だ。君は誰だ」

〈落合っす〉

「なに」

名前を聞いて、相手がわかった。

落合里美。元女子プロレスラーの大女だ。八神瑛子の友人兼用心棒。彼女の汚れ仕事を手伝っている。

以前、富永は田辺を使って、八神の身辺調査をさせている。そのさい、八神とタッグを組んで動く落合の姿が目撃されている。

落合は、プロレスラーとしては大成しなかったものの、とんでもない怪力の持ち主らしい。路上での喧嘩ともなれば、腕自慢の男をもねじ伏せるという。富永自身は落合のファイトを見ていない。しかし、あの八神のボディガードをやっているのだ。ただ者ではないだろう。

富永は矢継ぎ早に尋ねた。

「八神はどこにいる。君は彼女のボディガードだろう。どこでなにをしている」

落合が沈黙した。富永は待った。じれったいほど答えが返ってこない。なにか言おうとしたとき、彼女がゆっくりと口を開いた。

〈……船橋とかって。千葉県の〉

「船橋……なんのために」

また落合が黙る。彼は続けた。

「船橋のどこにいる。彼女は無事なのか」

落合は黙りこくったあと、今度は急に怒鳴りだした。

〈……うっせえなあ！　あたしが知りてえよ！　連れてってもらえなかったんだから。瑛子さんはひとりで向かったんだよ！〉

富永の鼓膜が震えた。すさまじい音量に耐えきれず、思わず携帯電話を耳から遠ざけた。彼女は涙声だった。初めて口を利くが、うまい嘘のつける女ではなさそうだった。

「わかった。落ち着きなさい」

富永はなだめつつ、自分自身にも言い聞かせる。冷静であれと。

会話のスピードを落とした。

「八神警部補の行方はこちらも追っている。彼女はひとりで船橋に向かったんだね？」

〈……あたしが頭の骨をやっちゃったから。あのノッポのクソ野郎にぶっ叩かれて〉

「ノッポ……長身の男か」

とっさに五條という警官を思い出した。背が高い男だという。

〈あ、そこは喋っちゃダメだったんだ……つうか、んなことはどうだっていいんだよ。あんたに電話したのは、瑛子さんに頼まれてたからなんだ。伝えてくれって〉

「八神が」

〈そうだよ。昨日の夕方、瑛子さんから電話があって……もし夜が明けても、連絡がなかったときは、あんたに伝えてくれって。なんか、やばいことになってるのかもしれない。あんた、警察の偉い人なんだろ。早く瑛子さんを助けてよ〉

富永は携帯電話を握りしめた。言われるまでもない。腹筋に力をこめて感情を抑える。

「彼女の行き先以外に、なにか覚えてないのか」

〈ああ！〉

落合がまた吠えた。富永はひどい耳鳴りに襲われる。

〈メール、あんたのメアドも教えてもらってたんだ。瑛子さんからメールも届いてて。電話と一緒に送ってくれって頼まれてたよ〉

「それを早く言いなさい」

〈今、送る〉

富永はデスクのノートパソコンに飛びついた。スリープ状態のパソコンを起動させた。携帯電話を肩と耳で挟み、マウスを動かしてメールの受信箱を確かめる。

メールの到着を知らせる音が鳴り、落合里美の名前が表示された。八神瑛子から届いたメールをそのまま転送したらしい。

「これは――」

富永は画面を睨んだ。

メール本文には頭語も結語もない。ウェブサイトのアドレスが、ぶっきらぼうに貼りつけてあるだけだった。クリックすると、大手ＩＴ企業のホームページにつながる。

そこはファイルストレージサービスのサイトだった。ＩＤとパスワードを求められる。

落合が言った。

〈ＩＤは、瑛子さんが自宅で使ってるメールアドレス。パスワードは、パスワードは……なんだったたっけ〉

「おい、冗談は止めろ」

〈盗聴器〉

「なんだって」

〈盗聴器。あんたの盗聴器。そう言えばわかるはずだって〉

「わかった」

〈絶対になんとかしてくれよ〉

「約束する。ありがとう」

富永は電話を切り、震える手でパソコンのキーを叩いた。

八神には盗聴器を仕かけられたこともあったが、例の事件を解決に導くために、外事一課時代に持っていた盗聴器を彼女に渡した。一見すると盗聴器には見えない代物だった。パスワードの項目に、盗聴器の型番を入力した。アルファベットと数字だ。

画面が切り替わった。データの保管庫へとつながる。ファイルフォルダがアップロードされてあった。

ダウンロードして中身を確認した。富永は唾を呑んだ。フォルダには、文書作成ソフトや表計算ソフト、毎日の捜査日誌のファイル——膨大な量が収納されてある。フォルダだけでも数えきれない。

すべてに目を通している時間はない。それに富永も三年前の件については、だいぶ頭に叩きこんである。ここ数週間の間に更新されたファイルを開いた。

彼女の行動がわかった。南千住署の焼津という刑事に会い、倉部から情報を得た。設楽の部下だった篠崎というホストを尋問。その後に謎の男たちから襲撃されている。設楽の情婦から、高杉会の元組員である剣持の存在を知る。

富永は椅子から立ち上がりかける。剣持のオフィスが船橋市にあった。

彼女の最新の文書ファイルを開いた。富永は眉をひそめた。それは剣持の女性関係にまつわるレポートだった。重要度が高いとは思えなかったが、富永は椅子に座り直して目を通した。

剣持は相当な漁色家のようだった。東日本のあちこちに愛人を作っている。鈴木君江、黒田弓子、篠崎久美、具志堅菜々、池島みどり……ホステスやスナック経営など、夜の職業についた女たちだ。

「なに」

レポートを読み返した。ひとりの女性の名前に目を留めた。篠崎久美。六十一歳。剣持の長年の愛人で、現在も郡山市でスナックを経営している。

「篠崎……」

もう一度、ここ最近の瑛子の行動を調べ直した。それを済ませると立ち上がる。ハンガーにかけてあったスーツのジャケットを手にし、署長室を飛び出した。

20

瑛子は身動きが取れなかった。

意識を取り戻してはいた。ただし口を猿ぐつわで封じられ、視界は闇に閉ざされている。剣持を追いつめたが、倉部らしき刑事の死をラジオで知り、隙を作ってしまった。剣持の拳で打たれ、失神に追いこまれている。

両手を結束バンドで縛《いまし》められ、ボロボロの寝袋に身体を押しこめられていた。

寝袋はときおり揺れた。身体を少しでも動かそうとすると、堅いものにさえぎられ、身動きが取れない。車のトランクに押しこめられているのだろう。エンジン音や走行音が耳に届く。

寝袋は清潔とは言い難い。汗と体臭がべっとりと染みつき、玉ねぎが腐ったような臭いがした。何度も吐き気に襲われ、こみ上げる胃液が口内と喉を行き来した。

剣持に強打された頭と腹がズキズキと熱くうずいていた。手が不自由なためにさすることもできない。どこかに運ばれているようだが、この移動自体が一種の拷問と化している。思考をめぐらせる余裕はない。打撲の痛みと吐き気に耐えながら、倉部の身を案じた。

やがて車が停車した。慣性の力が働き、瑛子の寝袋が転がりそうになる。どれほどの時間を走っていたのか。それすらもわからなかった。腕がホルスターに触れたが、拳銃や特殊警棒はやはりない。前腕でポケットの上を探ったが、携帯電話もなかった。拉致する人間が見逃すはずはない。身体を動かすたびに関節がきしみ、打撲傷がうずくが、確かめずにはいられなかった。腕時計までもが消えている。

トランクが開けられた。外の冷たい空気が瑛子の顔をなでた。空の色は薄闇のダークブルー。夜明けの時刻だ。生ゴミとドブの腐臭がした。どこかの飲食街とわかる。複数のカラスの鳴き声がする。

トランクを開けたのは剣持だ。大きな頭には包帯とベースボールキャップ。頬のあたりがチカチカと光っている。トラックの窓ガラスの細かいカケラが刺さったままだった。顎や額には乾いた血がこびりついていた。瑛子が熱くなった拳銃の銃口を押しつけたため、火傷《やけど》を負った鼻が水ぶくれを起こしている。やつは冷ややかに彼女を見下ろしている。

瑛子は睨みつけながら、剣持を観察する。支配者の余裕や驕りは感じなかった。

剣持は太い両腕で、寝袋に入った瑛子を摑んだ。負傷しているのはやつも同じはずだが、動物入りのケージを運んでいたときのように、やすやすと寝袋ごと持ち上げた。瑛子は肩に担がれる。腹に重力が加わり、損傷を負った腹筋に激痛が走る。

視界が涙でにじんだ。それでも瑛子は周囲に目を走らせた。ビルとアスファルトで埋め尽くされた繁華街。早朝とあって、人の姿は見当たらないが、カラスが道路のまん中にたむろしていた。歩道のガードレールには、ゴミのつまった袋が山積みになっている。見覚えのある場所だった。歌舞伎町の一角だ。

瑛子は車のそばにあるビルを見上げた。ホストたちが映った巨大看板が目に入る。

瑛子を担いだ剣持がビルのなかへと入り、視界が繁華街の風景から、ビル内の狭い空間へと変わった。瑛子は声を出したが、猿ぐつわに掻き消される。腹筋が痛んで声自体がほとんど出せていない。

ホストクラブ〝プラチナム〟が入っているビルだった。剣持はエレベーターに乗りこむと、六階のボタンを押した。

〝プラチナム〟の入口の照明は消えているが、やつはチョコレート色の厚みのあるドアを開けた。鍵はかかっていなかった。黒を基調としたシックなインテリアが目に入る。照明のほとんどが落とされ、店内は薄闇に包まれている。

剣持は奥のテーブルまで躊躇なく進んだ。シャツ姿の篠崎が店の奥にいた。丸椅子に腰かけ、ノートパソコンをいじくっている。

篠崎がうなずいてみせた。剣持が、寝袋ごと彼女をシートに放った。柔らかなシートのうえとはいえ、乱暴に落とされ、瑛子は息をつまらせる。

そこは、初めて彼女が訪れたさいに、案内された座席だった。テーブルには酒瓶や水割りのセットが置かれている。空のグラスもある。

「ありがとう、オヤジ」

篠崎が感謝を述べた。瑛子に聞かせるため、わざわざ口にしたかのようだった。

「ああ」

寝袋を降ろすと、剣持は右耳に補聴器をつけていた。

篠崎の言う〝オヤジ〟とは、親分という意味ではない。剣持の愛人リストを見たとき、郡山市に住む篠崎久美という女性に、ピンと来るものがあった。あの瞬間、同じく福島出身の篠崎が脳裏をよぎった。

　初めて店を訪れたさい、篠崎はヤクザや設楽との関与を全否定した。事実はそうじゃない。彼はこの謀略にどっぷりと関わっている。おそらく中心人物だろう。剣持と一緒に、設楽のゴーストを作り上げた。

　高杉会は設楽の首に賞金までかけたが、今日まで見つけられずにいる。いくら追っても幽霊は捕えようがない。高杉会は簡単に見つけられると踏んだはずだ。探す相手は元組員。居場所はすぐに割り出せると。剣持たちは設楽の幽霊を作り出し、高杉会とそのバックにいる人間たちを翻弄し続けたのだ。

　剣持が寝袋のチャックを下ろした。瑛子の身体から寝袋が取り払われ、口の猿ぐつわが外される。

　猿ぐつわが取れたと同時に、瑛子は大きく息を吸った。唇や顎がヨダレで汚れている。スーツの袖で顔のヨダレを拭う。

　袖には血と泥もついた。劉英麗の顔が浮かぶ。鏡は見ていないが、きっとひどいツラになってしまっただろう。新調したばかりのスーツも、剣持との戦いと寝袋のせいで、あちこちが汚れ、パンツの膝も破れていた。

瑛子は言った。

「また来るとは言ったけど、まさかこんな形で来店するなんて」

篠崎は微笑を浮かべた。ただし、目は冷えきっている。

「ラジオに気を取られて、親父に殴られたんだって？　アンラッキーだったな」

「どのみち、あなたに会う気でいた」

「歓迎ついでに教えといてやる。ラジオでやってたニュースだが、死んだのは新宿署の倉部って刑事《デカ》だ」

瑛子は目をつむった。トランクで運ばれる最中、彼の死を認めつつあった。それでも胸をえぐられそうになる。

篠崎がボトルを摑んだ。

「飲《や》るか？　お前のブランデーだ」

酒瓶をよく見てみる。確かに瑛子がボトルキープした高級ブランデーだった。

「けっこうよ」

剣持は、両手の結束バンドまでは外してくれなかった。篠崎の横に剣持が立つ。

篠崎は彼を親父と呼んだ。顔はまるで似ていない。美男と野獣のコンビ。血がつながっていないのか、篠崎がよほど母親似だったか。どちらかはわからない。

剣持はタバコに火をつけ、シートの瑛子を油断なく見張る。瑛子は両手を縛められている。それでも彼女を危険だと見なしているようだ。あれだけの激闘を経れば、当然だろうが。たしかに、殴りかかってやりたいところではあった。ヤケクソになりかけている。だが、かろうじて理性が待ったをかけた。一パーセントでも勝率があるのなら賭けてもいいが、今の瑛子では可能性はまったくのゼロだ。剣持がドカジャンの内側に手を伸ばし、拳銃を取り出した。瑛子のグロックだった。

剣持は無表情のままスライドさせ、薬室に弾薬を送ると、篠崎にグロックを渡した。受け取った篠崎はグロックをしげしげと見つめた。瑛子が言う。

「その銃、セーフティレバーがないから気をつけて」

「知ってる。フィリピンの射撃場で、さんざん撃ったからな」

篠崎はグロックをブラブラと手に持った。

「何度かあっちで釣りも嗜んだ。あんときを思い出す。でかい大物を狙ったが、不思議と針にかかるのは変な魚ばかりだった」

「変な魚で悪かったわね」

篠崎たちは設楽の幽霊を餌に、三年前の謀略に関わった人間たちを炙りだそうとした。

篠崎は首を振った。

「お前は魚なんかじゃないだろう。たとえるなら、おれたちと同じ釣り人だ。狙ってる魚が同じだから、お前とおれの垂らした釣り糸がこんがらがっちまった」

「やつら相手に、強請《ゆす》りでもかけるつもりだったの？」

瑛子は尋ねた。剣持にぶつけたのと同じ質問だ。

篠崎は彼女をじっと見すえた。冷えた目に強い光が宿る。

「たかが金目的で、こんなことをやると思うか？」

「さあ。世の中には、向こう見ずな人間がいっぱいいるし、そんなやつをさんざん目撃してる」

剣持がタバコの煙を大量に吹きかけてきた。

「向こう見ずなのはてめえだ、この女《アマ》」

瑛子は咳きこんだ。

さんざん大声を出し続けたせいか、喉や肺にゴロゴロとした違和感があった。

咳をしながら思う。この親子が金目的で動いているとは考えていない。敵は凶暴なスズメバチみたいなものだ。ちょっとでも巣を突《つつ》けば、話し合いの余地などなく、無数の毒針で刺しにかかってくる。連中は暴力団関係者だけでなく、雅也といった一般人、倉部といった刑事まで殺害している。脅しなど通じる相手ではないことを、親子はよく知っているはずだ。

篠崎は指を丸めて、カネのマークを作った。

「刑事さん、あんたのほうこそ、これが目的で危ない橋を渡ってるんじゃないだろう」

瑛子は答えなかった。篠崎は微笑を消す。

「あんまり人を見くびるな。旦那と腹んなかの子供を殺《と》られて、怒り心頭なんだろうが、やつらを殺る資格は、あんただけに与えられたものじゃない」

篠崎はあくまで静かな口調だった。豪傑タイプの父親とは対照的だ。しかし、うちに秘めた激情は父親以上の熱量を感じさせた。

「本当は仲良しだったのね、設楽さんとは。フィリピンにも行ってるようだし」

「少年院《ネンショウ》で知り合って以来の仲だった。盃なんてもんはないが、義兄弟ってやつだよ。海外に逃げた設楽《きょうだい》の面倒を見てた。半年前に病死するまでな。死に目に立ち会えたのはおれだけだ」

隣の剣持が二本目のタバコをくわえた。パッケージを篠崎に差し出す。

篠崎がタバコを受け取ると、剣持がライターで火をつけてやった。無表情だった剣持だったが、一服つく息子を見るとき、目つきがわずかに和《なご》やかになった。剣持が言った。

「芦尾《オヤジ》とは、三十年以上のつきあいだった。刑務所《ムショ》で拾ってもらった。あの人には恩がある」

「なるほどね」

瑛子はふたりを見比べた。

「ようやく信じる気になった。あんたたち本当に親子なのね。そっくりよ。顔は似てないけど」

篠崎は紫煙をくゆらせた。

「設楽《きょうだい》が、死ぬ間際になって教えてくれたんだ。ルソンの辺鄙《へんぴ》な病院で。芦尾会長がなにをやろうとし、誰に殺されたのかを。そいつを知っちまった以上、おれたちはやらなきゃならない」

瑛子は篠崎を見すえた。

「三年前、芦尾と設楽が、警察関係者を罠に嵌めようとした。そうよね」

「知りたいのなら、まずはお前からだ」

篠崎はグロックを振った。真相を多く知っているのは、明らかに篠崎のほうだった。今さら隠しておくカードはない。瑛子は情報を整理して打ち明けた。

三年前、ある警察関係者が捜査費の流用を企んだところから始まる。警察関係者は、経済ヤクザの顔を持つ芦尾に、流用した金を増やすように命じた。芦尾は投資ファンド代表の島本学を紹介。島本は捜査費の運用を任された。裏取引は成立したかに見えた。

警察に深い恨みを抱く芦尾は、同時に警察関係者にトラップを仕掛けていた。島本はもともと高杉会側の人間だ。腹心の手下である設楽と共謀し、捜査費流用をネタに警察関係者を飼い慣らそうとした。

しかし、芦尾の作戦は失敗に終わった。化かし合いは警察関係者が勝利を収めた。芦尾と島本は、ともにビルから転落。設楽は海外に逃亡している。暗闘を知った八神雅也も取材を敢行して、命を失った。

そして三年後、設楽が日本に舞い戻り、存在をアピールした。警察関係者を再び恐喝し、現在の高杉会に追いかけっこを仕かけている。

騒動を知った瑛子は、警察関係者率いる高杉会と、敵対勢力で設楽の名を騙った篠崎の双方と衝突したことになる。

篠崎はタバコを灰皿に押しつけた。

「おおよそ合ってはいるな」

「すでに知っていることばかりでしょうけど」

「そうでもないさ。設楽にしても、親分《きょうだい》の命を受けて、生まじめに仕事をこなしただけに過ぎない。知り得た真実は一部に過ぎないし、あいつから伝え聞いたおれにしたって、まだまだ不完全だった」

篠崎は再び微笑んだ。ホストクラブの店長のときとは異なる、見る者を不安に追いやる冷たい笑みだった。

「お前だよ、八神瑛子。パズルの最後のピースを、おれにプレゼントしてくれたのは」

瑛子は深々と息を吐いた。

「この店を出た後、私はやつらに襲撃された。襲わせたのはあなたね」

「驚いたさ。まさかおれたち以外で、やつらを追っている者がいるとはな。おれはてっきり、連中に飼われた腐った犬だと思った。バカ高い酒をかっ喰らう刑事《デカ》だからな」

あのとき、篠崎は瑛子を警戒した。だが、話をしてみると様子が違う。やつらの飼い犬ではなさそうだった。何者なのかを確かめるために、彼女が店を出た後、高杉会にそれとなく密告したという。

篠崎はグラスに水を注いで飲んだ。

「それからはもっと驚かされた。お前はやつら相手に大立ち回りだ。それでわかった。おれたちと同じく、やつらを狙う〝釣り人〟なんだと。お前のことを調べてみると、旦那が奇妙な死に方をしている。ますます同じに見えたよ」

「あまり手段を選ばないところも似てるかも」

「そうかもな。しかし同じ〝釣り人〟でも使う餌がまったく異なる。おれたちは設楽《きょうだい》の亡霊で釣ろうとしたが、クレイジーなあんたは、自分自身を餌にして、連中に食らいつかせようとした。その挙句、ヤクザどもに襲われ、銃弾までぶちこまれた。そのおかげで、腐ったゴキブリどもを目撃できた」

「誰なの」

瑛子は思わず身を乗り出した。太腿がテーブルにぶつかった。目の前にはグロックの銃口があった。

篠崎が拳銃を突きつけて首を振った。落ち着けと無言で命じる。彼女はシートに座り直すと、篠崎が拳銃をゆっくりと下ろした。

「新宿署の五條隆文。背の高いがっちりとした体格の男だ。五條はあんたと同じ組対課《マルボウ》の刑事《デカ》で、頭のイカレた危ないやつさ」

「五條……」

名前を呟くと、背筋がぞくぞくと震えた。あのとき、顔形はわからなくとも、妖気のようなものを漂わせていた。あの手の妖気は何度となく肌で感じている。殺しを好んでやりたがる類の男。

瑛子をためらいなく撃ち、里美の頭蓋骨を砕いた。

「組対課《マルボウ》の刑事《デカ》にして、高杉会を操る影のトップだ。芦尾会長を排除して、子飼いの中馬を会長の椅子に座らせた……」

今度は篠崎が語った。

五條という始末屋の刑事の上にいるのは、公安時代の上司だった殿山俊一郎という警察OB。三年前は、警視庁警備部長を務めている大物だった。

篠崎の話を聞きながら、瑛子は上野署を電撃訪問した能代を思い出した。能代と会った署長の富永は、翌日になって彼女にアドバイスをくれた。

――我々にとって、やっかいな人間だったとしてもか。

富永が言う〝やっかいな人間〟。聞かされたとき、それで警察幹部が関わっているとわかった。警察官を退いてはいるが、刑事部長を動かすあたり、依然として影響力を持っているらしい。

裏取引の相手である芦尾に叛意があると知ると、新宿署の五條を使った。危険な勝負に出た芦尾は、多くの護衛に身を守らせ、住処を巧みに変えるなど、警戒を怠ってはいなかったという。だが、ナンバー2の中馬から情報をリークさせていた五條たちは、芦尾の暗殺に成功。殿山に罠を仕かけた〝ブレーン〟の島本も同様に葬っている。

篠崎は彼女を指さした。

「そして、あんたの旦那も登場する」

瑛子は、縛められた両手の拳を、きつく握りしめた。

最後に残された設楽は、交流のあった雑誌記者の八神雅也に、陰謀のすべてをぶちまけたうえで、海外へと脱出する気でいた。

雅也と設楽は奥多摩で会ったが、情報の受け渡しは成功しなかった。五條と中馬の追撃に遭い、雅也は殺害された。設楽は腹に重傷を負い、日本を脱出している。

設楽はフィリピンの隠れ家にたどりつき、捲土重来《けんどちょうらい》の機会をうかがっていた。しかし、腹の刺し傷がもとで重い内臓疾患を抱え、長い闘病生活の末、半年前に肺炎にかかって死亡している。

すべてを話した篠崎は、グラスに水を注ぎ、瑛子に差し出した。結束バンドで巻かれた両手でグラスを受けとり、水を一度に飲み干した。

「中馬……五條……殿山」

名前を口にした。唇が震えた。ようやく知り得た。頂点にたどりつけた。歓喜はない。熱さをともなった涙が頬を通り過ぎる。

この世にいない雅也と倉部に語りかけた。あなたたちは頂《いただき》から、やつらが蠢く世界を目撃したのね。最低な眺めを……。

篠崎が再び水をグラスに注ごうとした。彼女は首を振り、高級ブランデーのボトルに目を向けた。

篠崎は琥珀《こはく》色のブランデーを注いだ。グラスに指一本分の液体。彼女は首を振る。

「もっとよ」

篠崎は肩をすくめ、さらにブランデーを足す。グラスにたっぷりと液体が満ちたところで、瑛子は両手で飲み始めた。

口のなかを火酒が暴れ、口内にできた傷を燃え上がらせた。荒れた喉と胃に火がくべられる。入りきらなかった液体が顎を伝って滴り落ちる。剣持が呆れた顔で、酒を呑む瑛子を見下ろしていた。

一気にグラスを空けると、全身の体温があがり、頬が熱くなった。酔ったりはしない。たとえ、これを何十回と繰り返しても、今の彼女は酔わない。

ブランデーで濡れた顎を袖で拭った。

「それで、私をどうするつもり？」

篠崎と剣持は顔を見合わせた。アイコタンクトをしてから、篠崎はグロックを瑛子に向けた。

「消えてもらうさ」

瑛子は睨みつけた。彼はひっそりと笑って続ける。

「……しばらくの間だ。おれたちの目標はあんたじゃない」

「本当は生かしておきたくねえけどな」

剣持がブスッとした顔で包帯頭を指さした。瑛子は訊いた。

「しばらくって？」

「しばらくはしばらくさ。おれたちが仕事《ゴト》を済ませるまでだ。三日でカタがつくかもしれねえし、数か月かかるかもしれん。おれの故郷《クニ》でじっとしてろ。あのあたりも、だいぶ寂れちまった。お前ひとりを閉じこめておける建物が、いくらでもあるんだ」

篠崎はグロックを突きつけたまま立ち上がった。

「情報交換ができてよかった。有意義な時間だっただろう」

「ここまで聞かされたら、獲物も渡したくはない」

「そりゃ贅沢が過ぎる。釣り糸がこんがらがるのは一度だけでいい。指くわえて見ていろ」

剣持が、猿ぐつわ用の布きれを両手に持つ。

「暴れんなよ」

「また、あの臭い寝袋で運ぶ気なの」

剣持が迫ってくる。

「ガタガタ言ってんじゃねえ。行き先を東京湾に変えたっていいんだぞ」

瑛子の口に布きれが侵入してきた。洗っていない雑巾のような臭いがする。彼女の胃がのたうつ。

篠崎が剣持の肩を叩いた。

「待て」

「どうした」

剣持が猿ぐつわを噛ませる途中で手を止めた。瑛子はたまらず首をねじり、下を向いてえずいた。

篠崎と剣持が、ノートパソコンの画面を覗きこんでいた。ふたりとも顔が強張る。

「クソ」

剣持が頬を歪ませ、ドカジャンの裾をめくった。ベルトにはナイフを入れた鞘《さや》がある。長大なシースナイフを抜く。

篠崎が、怪訝な顔でいる瑛子に画面を向ける。監視カメラの映像だ。このビルのエレベーターを映している。

小さなエレベーターには、五人の人間がひしめいていた。上部に設置されたカメラが、人間の頭を映し出している。オーバーオールや戦闘服を着た暴力団風の男たち。ターゲットは篠崎だろう。瑛子も含まれる。

瑛子は画像を食い入るように見つめた。五條の姿を探す。よくわからない。篠崎がノートパソコンを折り畳んでしまった。ナイフを持った剣持が篠崎に訊く。

「殺るか」

篠崎が首を振った。

「チンピラの相手をしてる暇はない。裏口だ。行こう」

篠崎らは足早に移動した。瑛子もついていくしかない。篠崎が歩きながら、彼女の手首を指さした。

剣持が顔をしかめて、瑛子の前腕を摑んだ。ナイフの刃を近づける。彼女は反射的に身を縮める。

剣持が結束バンドを刃で切断した。

瑛子の両腕が自由になる。思わず手首をさすった。皮膚が赤黒く変色している。

剣持は瑛子の手に特殊警棒を持たせる。もともと彼女のものだった。

「妙な真似はすんじゃねえぞ」

「わかってる」

篠崎たちはバーカウンターへと向かった。エレベーターのヤクザたちが、出入口のドアをドンドンと叩いている。

「早く」

篠崎たちはバーカウンターの横にある調理場に出た。ステンレス製の小さなキッチン。焼酎やサワー用のシロップの瓶などが並んでいた。隅にはポリバケツと勝手口がある。彼女たちはその奥へと進んだ。

篠崎が勝手口のドアを開けた。その瞬間だった。

外側から木製の物体が飛び出し、篠崎の顔面を強く打った。篠崎の身体が後方へと飛ぶ。後に続いていた剣持らとぶつかる。

勝手口には、背の高いスーツの男が立っていた。鷲鼻と暗い目つき。口元には曖昧な笑みがあった。男の手には銃身を短く切ったポンプ式ショットガンがあった。台尻で篠崎を殴り払ったのだ。

瑛子は即座に悟った。全身から漂う妖気。襲撃されたときにも感じた。この男が五條なのだと。後ろには部下らしき刑事を従えている。目つきの悪いひねた顔つきの男だ。あのとき、五條と揃ってコンビニの制服を着ていた――。

男は勝手口のドアを閉める。エレベーターのヤクザは陽動だったのだ。

五條がショットガンを構えた。動きが速い。至近距離の篠崎に銃口を向ける。剣持が間に割って入る。

「五條！」

瑛子は叫んだ。ショットガンの銃声が、彼女の声を掻き消す。剣持の大きな背中が弾けた。拡散した散弾がドカジャンの生地や血肉を吹き飛ばした。調理場の壁に血が飛び散る。背中を撃たれた剣持は、息子の篠崎を抱えて床に倒れる。

瑛子は五條に挑みかかった。歯を嚙みしめ、やつの頭めがけて全力で特殊警棒を振り下ろす。

硬い手応え。掌から肘までビリビリと痺《しび》れた。

打ったのは五條の頭ではなかった。ショットガンの銃身だ。煙が昇るショットガンで、瑛子の一撃をふせいでいた。

瑛子は再び特殊警棒を振り上げた。五條の部下が体当たりを喰らわせてくる。ダメージを溜めこんだ瑛子の身体はこらえきれない。撃たれた剣持と同じく、調理場の壁まではね飛ばされる。

五條がショットガンの先台をスライドさせた。空薬莢《やっきょう》を吐き出し、狙いを八神に定める。

「ようやく、おれを知ったか。八神瑛子」

「五條！」

「ボロボロだな」

五條は、わざとらしく鼻の下を伸ばした。

「強姦された後みたいだ。勃《た》っちまうよ」

部下の男も拳銃を持っていた。

「動くんじゃねえぞ。これで終《しま》いだ！」

ショットガンに狙われていたが、瑛子は下半身に力をこめた。かまうものか。やつらを潰してやる。特殊警棒を強く握り、挑みかかろうとする。

瞬間、乾いた銃声が何度も鳴った。鼓膜が震え、耳鳴りがした。倒れた剣持の下から、篠崎がグロックで五條たちを撃った。ポリマー製の自動拳銃が次々に銃弾を放つ。

五條の腹や胸が弾けた。三発の弾が当たり、大木を思わせる五條の長身がぐらつく。やつの部下も被弾し、悲鳴をあげた。部下は拳銃を取り落とし、太腿を両手で抑え、膝から崩れ落ちる。

五條自身は倒れなかった。姿勢が元に戻り、ショットガンのトリガーを引いた。

重たい銃声が調理室いっぱいに轟く。床に倒れた剣持と篠崎に散弾が食いこむ。篠崎の右手が砕け散り、グロックが飛んだ。彼は苦痛のうめきを漏らす。

篠崎の上にいる剣持は、もはやなんの反応も示さない。息子の盾となって背中を撃たれた時点で、息絶えているようだった。

「痛《いて》え。たまんねえな」

五條は顔をしかめた。笑っているようにも見える。やつは被弾した胸をさすった。スーツやシャツに穴が開いたが、出血は見当たらない。防弾ベストを着こんでいる。

五條は胸の穴をいじくった。

「こんなもん喰らって、お前はよく逃げ出せたもんだ」

調理場は硝煙が充満していた。目鼻が痛むほど。やつの部下、それに篠崎たち。三人の血液で調理場はまっ赤に染まっている。悲鳴とうめき。死と苦痛に満ちた空間のなかで、五條だけが目を輝かせている。

「ようやく、ふたりっきりだ」

やつの口調は弾んでいた。ショットガンを彼女の頭に向ける。

21

富永の格好はデタラメだった。

スーツを着用しているが、頭には機動隊のヘルメット。左手にはポリカーボネート製の透明のシールドを持っていた。

シールドの中央には〝POLICE〟と白文字で記されてある。右手には署の道場から持ち出したさすまた。早朝だからこそ、なんとかビルまでたどりつけたが、日中なら即座に怪しまれるだろう。

署の覆面パトカーで歌舞伎町へと飛ばしてきたが、ホストクラブ〝プラチナム〟が入った雑居ビルを見て、彼は激しく狼狽した。

ビルの前には、多くの暴力団が乗っている黒塗りの車が停まり、入口をジャージ姿のヤクザたちが固めていた。こっちだったのか……富永はうめいた。

井沢たちには、剣持のオフィスがある船橋に向かわせた。富永は、篠崎の勤務先の〝プラチナム〟に急行した。八神は船橋で行方をくらましている。彼女の失踪に剣持が関わっていると判断したが、最後に八神が集めた捜査情報を読み、篠崎の関与もありえると推理した。

ヤクザたちが集まるビルの前を、何食わぬ顔で通過した。交差点を曲がり、ヤクザの視界から消えたところで車を停めた。

降りると同時に、銃声のようなものが耳に届いた。電線にいたカラスが羽を散らして飛ぶ。音は〝プラチナム〟のビルから聞こえた。富永は急いで防具や武器で身を固めた。路地を通じてビルの裏側に回った。スチール製の錆《さ》びた階段がある。

階段の入口にも、派手なセーターを着た大柄なヤクザが見張っていた。富永は息をつまらせた。ジョギングこそ欠かさなかったが、柔剣道や逮捕術の稽古は怠っている。だが、ためらっている暇はなかった。

富永はビルの陰から飛び出した。盾とさすまたを構えて絶叫した。大柄なヤクザが目を剝く。

「うわ！　なんだ、てめえ！」

「警察だ！　どけえ！」

さすまたを持って突進すると、ヤクザは背を向けて逃げ出す。

噴き出した汗で、濡れたシャツが貼りついた。毎日数キロも走っているのに、ひどい息切れに襲われた。止まっている暇はない。

富永は階段を上った。

22

「どうだ。気分は」

五條が訊いた。

ショットガンの銃口は、瑛子の顔に向いている。やつが指をほんのわずか動かすだけで、彼女の頭は粉々に吹き飛ぶ。

「最高よ。ようやく会えたんだから」

「おれも悪くない。これでカタがつくからな」

瑛子は睨んだ。五條はショットガンを突きつけたままだ。なかなか撃とうとしない。

「……怖がらねえのか」

瑛子は強い視線を向ける。

「そういうのが好きなの？　だったら時間の無駄よ」

「いい根性してる。こうなると、人はたいがい騒ぐもんだ。あいつみたいに」

五條は顎を部下に向けた。太腿を撃たれた部下は、両手で傷を押さえてうめいている。五條が続けた。

「どうだ」

「なに」

「おれと組め」

瑛子は思わず口を開けた。呆気に取られる。床にツバを吐く。

「脳みそを砕かれるほうがマシよ」

五條は、ショットガンを瑛子の腹に向ける。

「旦那と腹のガキ。仇か」

「それだけじゃない。倉部も」

五條はゆらゆらと首を動かした。

「だったら、殿山と中馬をくれてやる。あいつらをぶっ殺せ。思う存分、復讐に酔いしれればいい」

五條は部下を見やる。

「特別セットでこいつもつける。お前の旦那を殺《や》ったさい、証拠隠滅に手を貸したやつだ。三人殺りゃあ、バランスが取れる」

「なにを……言ってるの」

「わからないのか？」

五條は表情を曇らせる。

「楽しいぞ。おれとタッグを組めば。おもしろいことになる。誰もおれたちには逆らえない。おまわりだろうと、なんだろうと。みんな鎖でつないじまえばいい」

瑛子は歯を剝いた。

「ずっと追っていた。あんたたちを」

「追ってた」

五条は首を回した。フシを鳴らして訊いてくる。

「愉《たの》しかったか？」

「…………」

「愉しかっただろう。悪い気分じゃねえよな。悪党と仲良くつるんで、おまわりを犬みたいにこき使う。気にいらねえ野郎はぶちのめす。蜜の味がしたはずだ。仇なんてのは、本当はどうでもよかったんじゃねえのか。死んだ人間はなにも言わねえ。なにも思わねえ」

五条の声には奇妙な迫力があった。瑛子は言葉につまった。思わず目をつむる。

やつの言い分は瑛子の心を突いた。英麗や甲斐といったアウトローとつるみ、警官たちを金で飼い慣らした。彼女の警棒は何人もの血を吸っている。すべては真相を知るための手段。同時に暴力や金の魔力に脅かされながら生きてきた。

「今さら清潔にはなれねえが、ゴージャスな帝国が作れる。退屈はしねえ」

瑛子は目をうっすらと開いた。

「悪くない」

「気に入ったか」

瑛子は鼻で笑う。

「そんなはずないでしょ。私がやりたいのは、この警棒をあんたのケツの穴に突っこむことよ。一生、まともなクソもひりだせなくなるまで」

　五條は無表情になった。

「つまらん。気の利いたことを言ったつもりか」

　瑛子は笑い続けた。五條の申し出はふざけている。だが、本気かもしれなかった。ひとまず切り抜けるために、取引をするフリはできたが……魂が許さない。

「がっかりだ」

　ショットガンの銃口が額にあたった。発砲で熱を持っている。額が熱い。

「私は最高の気分よ」

　瑛子は特殊警棒を握りしめた。たとえ死体と化しても、手放さずにいられるように。

　その刹那、いきなり調理場のドアが再び開いた。〝ＰＯＬＩＣＥ〟の白文字が目に入る。瑛子の身体が弾む。

　ドアを開けたのは、シールドを持った富永だ。手にはさすまたがあった。

　五條が振り返ってショットガンを撃った。シールドに散弾が食いこみ、衝撃で富永の身体が階段の手すりにぶつかる。危うくビルから転落するところだった。

　瑛子は隙を見逃さなかった。身体を伸び上がらせる。特殊警棒で延髄を殴る。五條の身体が揺らぐ。

五條が化け物なのは、銃撃のときにわかった。一度では終われない。後頭部と延髄を繰り返し叩いた。殺《や》らなければ、殺られる。五條が膝をついても、殴打を止められない。滅多打ちにする。やつの後頭部から血が流れ、特殊警棒と瑛子の手を赤く染める。

五條は床に倒れてうずくまった。それでもショットガンを放さない。

瑛子は特殊警棒で、五條の手と前腕を打った。彼女は振り下ろすたび、大きく声を上げた。悲鳴に近い。特殊警棒がへこみ、手首の骨が砕ける。それでも、五條の笑みは消えない――。

「よせ！」

富永が大声で命じた。彼は拳銃を握っていた。五條の部下が持っていたものだ。彼は両手で拳銃を構えている。

「八神、そこまでだ！」

声が響いた。

瑛子は手を止める。血にまみれた五條はショットガンを抱えたまま、胎児のように身体を丸めている。

五條は意識を保っていた。数えきれないほど打たれたというのに、じっと中空を睨んでいる。

富永は拳銃を五條に向けた。

「五條隆文。銃を捨てろ」

五條は反応を示さなかった。瞳がのろのろと動き、瑛子をとらえる。

「……どうした。なぜ止める。もう終わりか」

富永が叫ぶ。

「捨てろ！」

「まさか……逮捕などと……ぬかすつもりじゃないだろうな。お前の旦那を橋から投げたのは、このおれだぞ」

瑛子は床に落ちたグロックを拾った。頭を狙う。五條はうなずく。

「それでいい。殺《や》れ」

瑛子は見下ろして言った。

「銃を捨てなさい」

五條は顔を大きく歪ませた。初めて悔しそうな表情を見せた。ひどく失望したようだ。

「言っておくぞ。蜜を味わったのはおれや殿山だけじゃない。仇の首を取りたいのなら、これからも追い続けるしかないのさ。血で手を汚しながらな」

「あんたが自白すればいいだけよ」

「断る。おれは長生きしすぎた」

五條が動いた。寝そべったまま、ショットガンの銃口を自分の顎にあてた。腰の位置にあるトリガーに指をかける。

瑛子は動けなかった。五條が微笑む。力のない笑顔だった。

「でかい帝国を作れ」

富永が叫んだ。

「やめろ！」

重い銃声とともに、五條の頭が消えた。調理場の床一面に、血と脳漿《のうしょう》がぶちまけられる。

瑛子たちは、首のない五條の死体を見つめた。やがて開いたままのドアから、重装備の警官らが怒号を上げながら押し寄せてきた。

23

富永は署長室の窓辺に立った。

四月。暑さをともなった太陽が、浅草通りを照りつけていた。新年度の時期とあって、警察署や隣の区役所には、午前中から多くの人がつめかけている。

富永は異動にはならなかった。少し前まで、関西に移るという噂が流れていた。人事でどんなやり取りがあったのか、いつの間にか立ち消えとなった。

新宿で起きた襲撃事件。五條隆文の死をきっかけに、警視庁は激震に見舞われた。生き残った一宮祐樹と、ホストクラブ店長の篠崎清輝の証言が、警察を大きく揺るがせた。

陰謀の中心人物とされた殿山は、新宿の襲撃事件の直後に死体となって発見された。身柄の確保に動いた警官たちが、彼の江東区のマンションに駆けつけると、脳挫傷と全身打撲で息絶えた殿山が敷地内で見つかった。高層階から飛び降りたものと思われた。

殿山と五條が沈黙しても、彼らの長年による悪行は埋もれたりはしなかった。殿山の捜査費の流用。暴力団組長と共生者、雑誌記者の八神雅也の転落死などが、五條たちによる計画殺人であると判明。共犯者として高杉会会長の中馬均が逮捕され、彼らの死に対する再捜査が始まっている。

警視庁内部の闇が明らかになり、メディアは激しいバッシングを展開させている。警視総監は国会で苦しい答弁に追われ、与野党の国会議員から袋叩きに遭った。人事は根本から見直されることになった。

一部の報道では、警視庁の組織的な関与が叫ばれているが、現在のところ、殿山や五條らが、独断で行った凶悪事件として処理されつつある。

彼は椅子に座り直した。デスクには春季人事異動名簿がある。

そこには、新しく警察庁刑事局長に就いた能代の名があった。殿山の陰謀で揺れる警察社会のなかで、順調に出世の階段を上がっている。名簿を初めて見たとき、能代にうまくしてやられたと気づいた。

彼はあのとき上野署にやって来て、闇を追うのを止めるよう暗に命じてきた。富永がむしろ発奮することを予想していたのだ。

現に富永は田辺を使い、能代を経由して、殿山の存在にまでたどりついた。殿山から五條という怪物を知るに到った。能代はそれとなく富永に追わせたのだ。

警察庁と警視庁の頂点には、殿山と深い関係にあった人物が多い。今回の人事では殿山の元部下で、異例の出世を遂げていた警察庁警備局長が失脚。地方へ飛ばされている。能代にとって強力なライバルがひとり消えたことになる。

名簿には、もうひとり異動となった人物がいる。捜査一課の川上だ。八神雅也が自殺ではなかったとわかると、彼は異動願を提出している。赤バッジをつける資格はないと述べ、八神に深く詫びたという。今は池袋署刑事課に配属されている。川上自身は交番勤務の一兵卒を希望したが、その願いまでは通らなかった。

署長室のドアがノックされた。入るように命じる。

富永は息を吸った。姿を現したのは八神だった。

彼女も富永同様、異動とはならなかった。激震の中心にいたにもかかわらず。

「おはようございます。署長」

「おはよう」

彼女はすでに復帰している。新宿のビルを出たときは、顔にいくつもの腫れや傷を作っていた。鎖骨にはヒビが入り、頭部には打撲傷を負っていた。

新宿の病院へと搬送され、一か月以上の入院と自宅療養を余儀なくされた。その間に、本庁の内務調査班の取り調べを受けている。警視内部の闇を暴いた功労者ではあるが、独断専行の捜査が問題となった。捜査一課のメンツに傷をつけ、公安警察の大物だった殿山を破滅に追いこんだ。大きな功績を打ちたてたというより、不都合な真実を暴き、敵の数を一気に増やしたともいえる。内務調査の結果はまだ出ていない。

富永はデスクのうえで手を組んだ。

「君のほうから来るとは珍しいな」

彼女の顔を見上げた。整った容姿を陽光が照らした。色気を感じさせる白い頬が輝いている。

「これを」

彼女は封筒を手にしていた。それをデスクに置く。

毛筆で〝辞職願〟と書かれてあった。

「なんだこれは」

「見てのとおりよ。本来なら石丸課長に出すのがスジでしょうけど、あなたが一番これを見たがっていたでしょうから」

富永は辞職願を見つめた。とくに驚きはない。五條や殿山が死んだ時点で、この日が来るのではないかと予感していた。

「劉英麗のもとで働く気になったのか」

彼女は肩をすくめるだけだった。富永は言った。

「……それとも、やつの言葉を気にしてるのか」

「なんのことかしら」

「五條だ。死ぬ間際、君にいろいろ吹きこんだだろう。君は危惧している。このまま刑事でいれば、自分もあの唾棄すべき怪物に変わるんじゃないかと。違うか？」

八神は辞職願を指さした。

「素直に喜ばないの？　望んでいたことでしょう」

「なめるな」

富永は辞職願を両手で持つと、それをビリビリに裂いた。ゴミ箱に捨てる。

八神は口を曲げた。

「なにがしたいのよ」

「五條はこうも言っていた。蜜を味わったのは自分たちだけではないと。殿山や五條が永遠に黙ってくれたおかげで、胸をなで下ろしている連中もいるはずだ」

「あなたこそ、あいつの言うことを信じるの？」

「そうだ」

富永は人事異動名簿に目を走らせる。

「私の目から見れば、君はまだ刑事だ。怪物なんかじゃない。もし君が、あの男のようになるときが来たとしたら、それこそ私の出番だ。この手で君の首根っこを摑む」

「できるかしら」

八神は笑った。温かみをたたえた微笑みだった。

富永は心のなかでたじろぐ。こんな柔らかい笑顔を見せる女性だったとは。

動揺をごまかすように手を叩いた。

「話は終わりだ。仕事に戻って、悪党たちを震え上がらせてこい」

「ありがとう」

八神が振り返った。署長室を出るまで、彼女の背中を見つめる。

彼女がいなくなってから富永も微笑んだ。今のところ、自分も八神も異動の対象とはなっていない。スパイに仕立て上げた若手の花園も、引き続きこの署に留まり続ける。

この手で君の首根っこを摑む——富永は正直に告白している。引き続き、彼女を見張れることが嬉しくもあった。

※

瑛子は廊下を進んだ。

携帯電話が震えた。井沢からだった。

〈姐さん〉

「今から向かう」

二か月前、不忍通り近くの繁華街で、昏睡強盗が起きている。睡眠薬入りの酒を飲まされたサラリーマンが、身ぐるみ剝がされて駐車場に転がされた事件だ。

捜査で、昏睡強盗を行った店の特定が進み、店長の名前が判明した。暴力団員とつながりのある江戸川区在住のナイジェリア人だった。外国人店長が住むアパートの前には、すでに花園や井沢たちが待機している。強盗容疑が固まった。

瑛子はロッカールームに寄った。ロッカーを開け、装備品を身に着けながら、富永の言葉を思い返す。

――君はまだ刑事だ。怪物なんかじゃない。

辞職願を破り捨てるなんて、思いがけぬ反応だった。本当におかしな男だと瑛子は思う。ロッカーの扉の裏側には、一枚の写真が貼ってあった。豊洲《とよす》の公園で撮った昔の写真だ。写っているのは雅也と、腹に命を宿した瑛子。緑あふれる広場で撮影したものだった。

瑛子は写真に笑いかけ、ロッカーの扉を閉めた。

（第三話 了）

中国語監修

山上　聖子

主要参考文献

『公安は誰をマークしているか』（新潮新書）
『暴力団』（新潮新書）
『ミステリーファンのための警察学読本』（アスペクト）
『ヤクザマネー』（講談社）

この作品は書き下ろしです。原稿枚数433枚（400字詰め）。

アウトサイダー

組織犯罪対策課《そしきはんざいたいさくか》 八神瑛子《やがみえいこ》Ⅲ

深町秋生《ふかまちあきお》

平成25年6月30日　初版発行
平成25年7月10日　2版発行

発行人――石原正康
編集人――永島賞二
発行所――株式会社幻冬舎
〒151-0051東京都渋谷区千駄ヶ谷4-9-7
電話　03(5411)6222(営業)
　　　03(5411)6211(編集)
振替00120-8-767643
印刷・製本―中央精版印刷株式会社
装丁者――高橋雅之

幻冬舎文庫

ISBN978-4-344-42044-1　C0193　ふ-21-4